顺从内心过一生

人生只有一次，去做自己喜欢的事

梁实秋 作品

北京联合出版公司
Beijing United Publishing Co.,Ltd.

凡物小巧则可爱。修篁成林，蔽不见天，同然幽雅宜人，而盆盎之间绿竹猗猗，则亦未尝不惹人怜。

吃饭而能充分享受，没有什么太多礼法的约束，细嚼慢咽，或风卷残云，均无不可，吃的时候怡然自得，吃完之后抹抹嘴鼓腹而游，像这样的乐事并不常见。

了生死。生死是一件事，有生即有死，有死方有生，“了”即是“了断”之意。生死流转，循环不已，是为轮回，人在轮回之中，纵不堕入恶趣，生、老、病、死四苦煎熬亦无乐趣可言。

清晨走到空旷处，看东方既白，远山如黛，空气里没有太多的尘埃炊烟混杂在内，可以放心地尽量地深呼吸，这便是一天中难得的享受。

像华子所向往的那种“荡荡然不觉天地之有无”的境界，我们若能偶然体验一下，未尝不可，若是长久地那样精进而不退转，则与植物无大差异，给人带来的烦恼未免太大了。

一个人在年轻时候若不是“为艺术而艺术”的信仰者，这个人没有出息；
一个人若是到了成年之后还主张“为艺术而艺术”，这个人也没有出息！

目　录

人生在世，步履不停

顺其自然，知足常乐

手不释卷，自在从容

世间百态，随遇而安

人生在世，步履不停

北平有一童谣：
小小子儿，
坐门墩儿，
哭哭啼啼地想媳妇儿。
娶了媳妇儿干什么呀？
点灯，说话儿；
吹灯，做伴儿；
早晨起来梳小辫儿。

厨　房

从前有教养的人家子弟，永远不走进下房或是厨房。下房是仆人起居之地，厨房是庖人治理膳馐之所，湫隘卑污，故不宜厕身其间。厨房多半是在什么小跨院里，或是什么不显眼的角落（旮旯儿），而且常常是邻近溷厕。孟子有“君子远庖厨”之说，也是基于“眼不见为净”的道理。在没有屠宰场的时候，杀牛宰羊均须在厨中举行，否则“远庖厨”做甚？尽管席上的重珍兼味美不胜收，而那调和鼎鼐的厨房却是龌龊脏乱，见不得人。试想，煎炒烹炸，油烟弥漾而无法宣泄，烟熏火燎，煤渣炭属经常地月累日积，再加上老鼠横行，蚊蝇乱舞，蚂蚁、蟑螂之无孔不入，厨房焉得不脏？当然厨房也有干净的，想郇公厨香味错杂，一定不会令人望而却步，不过我们的传统厨房多少年来留下的形象，大家心里有数。

埃及废王法鲁克，当年在位时，曾经游历美国，看到美国的物质文明，光怪陆离，目不暇给，对于美国家庭的厨房之种种设备，尤其欢喜赞叹。临归去时，他便订购了最豪华的全套厨房设备，运回国去。他的眼光是很可佩服的，他选购的确是美国文化精粹的一部分。虽然那一套设备运回去之后，曾否利用、是否适用，因为没有情报追踪，我们不得而知，但是我们知道埃王陛下一顿早点要吃二十个油煎荷包蛋，想来御膳的规模必不在小，美国式家庭厨房的设备是否能胜负荷，就很难说。

美式厨房是以主妇为中心而设计的。所占空间不大，刚好容主持中馈的人站在中间有回旋的余地。炉灶用电，不冒烟，无气味，下面的空箱放置大大小小煮锅和平底煎锅，俯拾即是。抬头有电烤箱或是微波烤箱，烤鸡、烤鸭、烤盆菜，烘糕、烘点、烘面包，自动控制，不虞烧焦。左手有沿墙一般长的料理台，上下都是储柜抽屉，用以收藏盘碗餐具，墙上有电插头，供电锅、烤面包器、绞肉机、打蛋器之类使用。台面不怕刀切、不怕烫。右边是电冰箱，一个不够可以有两个。转过身来是洗涤槽，洗菜、洗锅、洗碗，渣渣末末的东西（除了金属之外）全都顺着冷热水往下冲，开动电钮就可以听见呼噜呼噜的响，底下一具绞碎机（disposal）发动了，把一刀的渣滓弃物绞成了碎泥冲进下水道里。下水道因此无阻塞之虞。左手有个洗碗机，冲干净了的碟碗插列其间，装上肥皂粉，关上机门开动电钮，盘碗便自动洗净而且吹干。在厨房做饭的人真是有左右逢源、进退自如之感。

美式厨房也非尽善尽美。至少寓居美国而坚持不忘唐餐的人就觉得不大方便。唐餐讲究炒菜，这个“炒”字是美国人所不能领略的。炒菜要用锅，尖底的铁锅（英文为wok，大概是粤语译音），西式平底锅只宜烙饼煎蛋，要想吃葱爆牛肉片、榨菜炒肉丝什么的，非尖底锅不办，否则翻翻搅搅掂掂那几下子无从施展。而尖底锅放在平平的炉灶上，摇摇晃晃，又非有类似“支锅碗”的东西不可，炒菜有时需要旺油大火，不如此炒出来的东西不嫩。过去有些中国餐馆大师傅，嫌火不够大，不惜舀起大勺猪油往灶口里倒，使得火苗骤旺，电灶火力较差，中国人用电灶容易把电盘烧坏，也就是因为烧得太旺太久之故。火大油旺，则油烟必多。灶上的油烟机所起作用有限，一顿饭做下来，满屋子是油烟，寝室、客厅都不能免。还有外国式的厨房不备蒸笼，所谓双层锅，具体而微，可以蒸一碗蛋羹而已。若想做小笼包，非从国内购运柳木制的蒸笼不可，一层屉不够要两三层，摆在电灶上格格不入。铝制的蒸锅，有干净相，但是不对劲。

人在国外而顿顿唐餐，则其厨房必定走样。我有一位朋友，高尚士也，旅居美国多年，贤伉俪均善烹调，热爱我们的固有文化，蒸、炒、烹、煎，无一不佳。我曾叨扰郇厨，坐在客厅里，但见厨房门楣之上悬一木牌写着两行文字，初以为是什么格言之类，趋前视之，则是一句英文，曰：“我们保留把我们自己的厨房弄得乱七八糟的权利。”当然这是给洋人看的。我推门而入，所谓乱七八糟是谦词，只是东西多些，大小铁锅蒸笼，油钵醋瓶，各式各样的作料器皿，纷然杂陈，随时待用。做中国菜就不能不有做中国菜的架势。现代化的中国厨房应该是怎个样子，尚有待专家设计。

我国自古以来，主中馈的是女人，虽然解牛的庖丁一定是男人。《易·家人》：“无攸遂，在中馈，贞吉。”疏曰：“妇人之道，巽顺为常，无所必遂，其所职主在于家中馈食供祭而已。”所以新妇三日便要入厨洗手做羹汤，多半是在那黑黝黝又脏又乱的厨房里打转一直到老。我知道一位缠足的妇人，在灶台前面一站就是几个钟头，数十年如一日，到了老年两足几告报废，寸步难移。谁说的男子可以不入厨房？假如他有时间、有体力、有健康的观念，应该没有阻止他进入厨房的理由。有一次我在厨房擀饺子皮，系着围裙，满手的面粉，一头大汗，这时候有客来访，看见我的这副样子大为吃惊，他说：“我是从来不进厨房的，那是女人去的地方。”我听了报以微笑。不过他说的话不是没有事实根据，绝大多数的女人是被禁锢在厨房里，而男人不与焉。今天之某些职业妇女常得意忘形地嘲讽主持中馈的人为“在厨房上班”。其实在厨房上班亦非可耻之事，我们的母亲、祖母、曾祖母有几个不在厨房上班？在妇女运动如火如荼的美国，妇女依然不能完全从厨房里“解放”出来。记得某处妇女游行，有人高举木牌，上面写着：“停止烧饭，饿死那些老鼠！”“老鼠”饿不死的，真饿急了他会乖乖地自己去烧饭。

吃　相

一位外国朋友告诉我，他旅游西南某地的时候，偶于餐馆进食，忽闻壁板砰砰作响，其声清脆，密集如连珠炮，向人打听才知道是邻座食客正在大啖其糖醋排骨。这一道菜是这餐馆的拿手菜，顾客欣赏这个美味之余，顺嘴把骨头往旁边喷吐，你也吐，我也吐，所以把壁板打得叮叮当当响。不但顾客为之快意，店主人听了也觉得脸上光彩，认为这是大家为他捧场。这位外国朋友问我这是不是国内各地普遍的风俗，我告诉他我走过十几省还不曾遇见过这样的场面，而且当场若无壁板设备，或是顾客嘴部筋肉不够发达，此种盛况即不易发生。可是我心中暗想，天下之大，无奇不有，这样的事恐怕亦不无发生的可能。

《礼记》有“毋啮骨”之诫，大概包括啃骨头的举动在内。糖醋排骨的肉与骨是比较容易脱离的，大块的骨头上所连带着的肉若是用牙齿咬断下来，那龇牙咧嘴的样子便觉不大雅观。所以“割不正不食”“席不正不坐”都是对于在桌面上进膳的人而言，啮骨应该是桌底下另外一种动物所做的事。不要以为我们一部分人把排骨吐得噼啪响便断定我们的吃相不佳。各地有各地的风俗习惯。世界上至今还有不少地方是用手抓食的。听说他们是用右手取食，左手则专供做另一种肮脏的事，不可混用，可见也还注重清洁。我不知道像咖喱鸡饭一类黏糊糊的东西如何用手指往嘴里送。用手取食，原是古已有之的老法。罗马皇帝尼禄大宴群臣，他从一只硕大无比的烤鹅身上扯下一条大腿，手举着鼓槌，歪着脖子啃而食之，那副贪婪无厌的饕餮相我们可于想象中得之。罗马的光荣不过尔尔，等而下之不必论了。欧洲中古时代，餐桌上的刀叉是奢侈品，从十一到十五世纪不曾被普遍使用，有些人自备刀叉随身携带，这种作风一直延至十八世纪还偶尔可见，据说在酷嗜通心粉的国度里，市廛道旁随处都有贩卖通心粉的摊子，食客都是伸出右手像是五股钢叉一般把粉条一卷就送到口里，干净利落。

不要耻笑西方风俗鄙陋，我们泱泱大国自古以来也是双手万能。《礼记》：“共饭不泽手。”吕氏注曰：“不泽手者，古之饭者以手，与人共饭，摩手而有汗泽，人将恶之而难言。”饭前把手洗洗揩揩也就是了。樊哙把一块生猪肘子放在铁盾上拔剑而啖之，那是鸿门宴上的精彩节目，可是那个吃相也就很可观了。我们不愿意在餐桌上挥刀舞叉，我们的吃饭工具主要是筷子，筷子即箸，古称“饭攲”。细细的两根竹筷，搦在手上，运动自如，能戳、能夹、能撮、能扒，神乎其技。不过我们至今也还有用手进食的地方，像从兰州到新疆，“抓饭”“抓肉”都是很驰名的。

我们即使运用筷子，也不能不有相当的约束，若是频频夹取如金鸡乱点头，或挑肥拣瘦地在盘碗里翻翻弄弄如拨草寻蛇，就不雅观。

餐桌礼仪，中西都有一套。外国的餐前祈祷，兰姆的描写可谓淋漓尽致。家长在那里低头闭眼口中念念有词，孩子们很少不在那里做鬼脸的。我们幸而极少宗教观念，小时候不敢在碗里留下饭粒，是怕长大了娶麻子媳妇；不敢把饭粒落在地上，是怕天打雷劈。喝汤而不准吮吸出声是外国规矩，我想这规矩不算太苛，因为外国的汤盆很浅，好像都是狐狸请鹭鸶吃饭时所使用的器皿，一盆汤端到桌上不可能是烫嘴热的，慢一点灌进嘴里去就可以不至于出声。若是喝一口我们的所谓“天下第一菜”口蘑锅巴汤而不出一点声音，岂不强人所难？从前我在北方家居，邻户是一个治安机关，隔着一堵墙，墙那边经常有几十口子在院子里进膳，我可以清晰地听到“呼噜，呼噜，呼——噜”的声响，然后是“咔嚓”一声。他们是在吃炸酱面，于猛吸面条之后咬一口生蒜瓣。

餐桌的礼仪要重视，不要太重视。外国人吃饭不但要席正，而且挺直腰板，把食物送到嘴边。我们“食不厌精，脍不厌细”，要维持那种姿势便不容易。我见过一位女士，她的嘴并不比一般人小多少，但是她喝汤的时候真能把上下唇撮成一颗樱桃那样大，然后以匙尖触到口边徐徐吮饮之。这和把整个调羹送到嘴里面去的人比较起来，又近于矫枉过正了。人生贵适意，在环境许可的时候是不妨稍为放肆一点的。吃饭而能充分享受，没有什么太多礼法的约束，细嚼慢咽，或风卷残云，均无不可，吃的时候怡然自得，吃完之后抹抹嘴鼓腹而游，像这样的乐事并不常见。我看见过一次真正痛快淋漓的吃，印象至今犹新。一次在北京的“灶温”，那是一爿地道的北京小吃馆。棉帘起处，进来了一位赶车的，辫子盘在额上，大摇大摆，手里托着菜叶裹着的生猪肉一块，提着一根马兰系着的一撮韭黄，把食物往柜台上一拍：“掌柜的，烙一斤饼！再来一碗炖肉！”等一下，肉丝炒韭黄端上来了，两张家常饼、一碗炖肉也端上来了。他把菜肴分为两份，一份倒在一张饼上，把饼一卷，比拳头要粗，两手扶着矗立在盘子上，张开血盆巨口，左一口，右一口，中间一口！不大的工夫，一张饼下肚，又一张也不见了，直吃得他青筋暴露、满脸大汗，挺起腰身连打两个大饱嗝。上面这个景象，我久久不能忘，他们都是自食其力的人，心里坦荡荡的，饿来吃饭，取其充腹，管什么吃相！

说　酒

外国人喝酒，往往是站在酒柜旁边一杯一杯地往嗓子眼儿里灌，灌醉了之后是摇摇晃晃地吵架打人，以至于和女人歪缠。中国人喝酒比较文明些，虽然不一定要酒席下酒，至少也要一点花生米、豆腐干之类。从喝酒的态度上来说，中国人无疑的是开化在先。

越是原始的民族，越不能抵抗酒的引诱。大家知道，美洲的红人，他们认为酒是很神秘的东西，他们不惜用最珍贵的东西（以至于土地）来换取白人的酒吃。莎士比亚所写的《暴风雨》一剧中曾描写了一个半人半兽的怪物卡力班，他因为尝着了酒的滋味，以至于不惜做白人的奴隶，因为酒的确有令人神往的效力。文明多一点儿的民族，对于酒便能比较地有节制些。我们中国人吃酒之雍容悠闲的态度，是几千年陶炼出来的结果。

一个人能吃多少酒,是不得勉强的,所以酒为"天禄"。不过喝酒的"量"和"胆"是两件事。有胆大于量的，也有量大于胆的。酒胆大的人不是不知道酒醉的苦处，是明知其苦而有不能不放胆大喝的理由在，那理由也许脆弱得很，但是由他自己看必是严重得不得了。对于大胆喝酒的人，我们应该寄予他们同情。假如一个人月下独酌，罄茅台一瓶，颓然而卧，这个人的心里不是平静的，我们可以断言。他或是忧时愤世，或是怀旧思乡，或是情场失意，或是身世飘零，总之，必有难言之隐。他放胆吞酒，是想借了酒而逃避现实，这种态度虽然值得我们同情，但是不值得鼓励。

所谓酒量，那是因人而异的，有的人吃一两块糟熘鱼片而即醺醺然，有的人喝上两三斤花雕而面不改色。不过真正大酒量也不过是三四斤花雕或是一两瓶白兰地而已。常听见人说某人能吃多少酒，数量骇闻，这是靠不住的，这只能证明一件事，证明这个说话的人不会喝酒。只有不知酒味的人才会说张三能喝五斤白干，李四能喝两打啤酒。五斤白干，一下子喝下去，那也不是不可能，因为二两鸦片也曾有人一口吞下去。两打啤酒，一顿喝下去，其结果恐怕那个人嘴里要喷半天的白沫子吧。

酒喝过量，或哭或笑，或投江或上吊，或在床上翻筋斗，或关起门来打老婆，这都是私人的事，我们管不着。唯有在公共场所，如果想要维持自己原来有的那一点点的体面与身份，则不能不注意所谓"酒德"者。有酒德的人，不管他的胆如何、量如何，他能不因酒而令人增加对他的讨厌。我们中国人无论什么都喜欢配上四色、八色以至十色，现在谈起酒德来我也可以列举八项缺德：

一是三杯下肚，使酒骂座，自讨没趣，举座不欢；

二是黏牙倒齿，话似车轮，话既无聊，状尤可厌；

三是高声叫嚣，张牙舞爪，扰乱治安，震人耳鼓；

四是借酒撒疯，举动儇薄，丑态百出，启人轻视；

五是酒后失常，借端动武，胜固无荣，败尤可耻；

六是呕吐酒食，狼藉满地，需人服侍，令人掩鼻；

七是……

我想不起来了，就算是六项吧。哪一项都要不得。善饮酒的人是得酒趣，而不缺酒德。以上我说的是关于喝酒的话，至于酒的本身，哪一种好、哪一种坏，那另有讲究，改日再续谈。

包　装

佛要金装，人要衣装，货要包装。

我们的国货，在包装方面，常走极端：不是非常考究精美，便是非常简陋粗糙。

以文具来说，从前文人日常使用的墨，包装常很出色。除了论斤发信的普通墨之外，稍为好一点的墨或用漆盒，上题金字，或用锦匣，内有层层夹盖，下有铺绵绫垫，真像是“革匮十重，缇巾十袭”的样子，其中固然有些是贡品，但有些也只属于平民馈赠的性质。至于名人字画之类，更是黄绢密裹，置于楠檀的匣柜之中，望之俨然。上选的印泥，所谓十珍印色，也无不有个小小的蓝花白瓷盒，往往再加上一个书函形的小锦盒，十分乖巧。这些属于文人雅士，难怪包装也自脱俗。从前日常生活所需的货品，不足以语此。

从前包花生米，照例是用报纸；买油条，也照例是用一块纸一裹；甚至买块豆腐，湿漉漉、软趴趴的，也是用块报纸一托。废报纸的用处实在太广。记得在北平刑部街月盛斋，我看见一位雍容华贵的中年妇人进去买酱羊肉一大方，新出锅的，滴沥嗒啦的，伙计用报纸一包了事，顾客请他多用两张报纸包裹，伙计艴然不悦。顾客说愿付钱买他两张报纸，伙计说“我们不卖报纸”，结果不欢而散。酱羊肉就是再好，在包装方面这样的不负责，恐怕也要令人裹足不前了。有一种红豆纸，也许比报纸略胜一筹，虽然是暗暗的血红色，摸上去疙瘩噜苏的。这种红豆纸，包盒子菜，卷作圆锥形，也包炸三角、肉火烧。再就是草纸，名副其实的草纸，因为有时候上面还沾着好几朵蒲公英的花絮。这种草纸用处可大了，炒栗子、白糖、杂拌儿、鸡鸭蛋，凡是干果子铺、杂货店发售的东西，十之八九都是用草纸包裹。包东西的草纸，用过之后还有用，比厕筹好得多。除了草纸以外，菜叶子也派用场。刚出笼的包子、现宰的猪牛肉，都是用叶子或是什么芋头叶之类的东西包裹。菱角、鸡头米什么的当然用荷叶了。

满汉细点，若是买上三五斤的“大八件”“小八件”之类送人，他们会给你装一个小木匣，薄木片勉强斗榫，上面有个抽拉而不顺溜的盖子，涂上一层红颜色，但是遮不住没有刨光的木头碴，那样子颇像“狗碰头”似的一具薄棺，状既不雅，捧起来沉甸甸。可是少买一点，打一个蒲包，情形就不同了。蒲包实在很巧妙，朴素但是不俗，早已被淘汰，可是我还很怀念它。蒲是一种水草。《诗经》说“其蔌维何，维笋及蒲”，蒲叶用途多端，如蒲衣、蒲轮、蒲团、蒲鞭。蒲包，则是以蒲叶编织成疏疏的圆形网状，晒干压平待用。用时，在蒲网上铺一大张草纸，再敷一长绵纸，把点心摆在上面，然后像信封似的把蒲网连同草纸四角折起，用麻经一捆，上面盖上一张红门票，既不压分量，样子也好看，连打糖锣儿的小儿玩物里，都有装小炸食的迷你蒲包儿。不知道现在大家为什么不再用蒲包了。

茶叶是我们内销、外销的大宗货，可是包裹实在太差劲了。首先，内销的货不需要写上外国文字，外销的货不可以随便乱写洋泾浜的英文。早先的茶叶罐大部分使用的铅铁桶，并不严丝合缝；有时候又过于严丝合缝，若不是“两膀我有千钧力”还很不容易扭旋开。罐上通常印上一段广告，最后一句照例是“请尝试之方知余言不谬也”。一般而论，如今的茶叶罐的外表比从前好，但亦好不了多少，不论内销、外销几乎一律加上英文字样，而且那英文不时地令人啼笑皆非。有人干脆大书“Best Tea”二字，在品尝之后只能说他是大言不惭。至于色彩，则我们最擅长的大红大绿、五颜六色一齐堆了上去，管他调和不调和、刺不刺目，先来个热闹再说。有时候无端地画上一个额大如斗的南极老人，再不就是福、禄、寿三仙、刘海耍金钱。如果肯画上什么花开富贵、三阳开泰，那就算是近于艺术了。

日本人很善于包装，无论食品、用品在包装方面常能给人以清新之感，色彩图案往往是极为淡雅。虽然他们的军人穷凶极恶，兽性十足；

虽然他们的文官篡改史实，恬不知耻；他们在日常生活用品上所投下的艺术趣味之令人赞赏是无可争辩的。日本并不以产茶闻名，但是他们的茶叶包装精巧美观。他们做的点心、饼干之类并不味美，但是包装考究。他们一切物品的包装纸，都是经过精心设计的。该诅咒的我们诅咒，该赞赏的我们不能不赞赏。

有一位青年才俊海外归来讲学，我问他专攻的是哪一门学问，他说他专门研究的是香蕉的包装——如何使香蕉在运输中不至于腐烂得太快。我问他有何妙法，他说放弃传统的竹篓，改用特制的纸箱。他说得有理，确是一大改进，高明高明。

童年生活

我的童年生活，只模糊地记得一些事。

北平有一童谣：

小小子儿，
坐门墩儿，
哭哭啼啼地想媳妇儿。
娶了媳妇儿干什么呀？
点灯，说话儿；
吹灯，做伴儿；
早晨起来梳小辫儿。

梳小辫儿是一天中第一件大事。我是在民国元年才把小辫儿剪了去的。那时候我的辫子已有一尺多长，睡一夜觉，辫子往往就松散了，辫子不梳好是不准出屋门的。所以早起急于梳辫子，而母亲忙，匆匆地给我梳，揪得头皮疼。我非常厌恶这根猪尾巴。父亲读《扬州十日记》《大义觉迷录》之类的书，常把满军入关之后“留头不留发，留发不留头”的事讲给我们听，我们对于辫子益发没有好感。革命后把辫子一刀两断，十分快意。那时候北平的新式理发馆只有东总布胡同西口路北一处，座椅两张。我第一次到那里剪发，连揪带剪，相当痛，而且头发楂顺着脖子掉下去。

民国以前，我的家是纯粹旧式的。孩子不是一家之主，是受气包儿。家规很严。门房、下房，根本不许孩子涉足其间。爷爷奶奶住的上房，无事也不准进去，父亲的书房也是禁地，佛堂更不用说。所以孩子们活动的空间有限。室内游戏以在炕上攀登被窝垛为主，再不就是用窗帘布挂在几张桌前做成小屋状，钻进去坐着，彼此做客互访为乐。玩具是有的，不外乎“打糖锣儿的”担子上买来的泥巴制的小蜡签儿之类，从隆福寺买来的小“空竹”算是上品了。

我记得儿时的服装，最简单不过。夏天似乎永远是一身竹布裤褂，白布是禁忌。冬天自然是大棉袄小棉袄，穿得滚圆臃肿。鞋子袜子都是自家做的，自古以来不就是以“青鞋布袜”作为高人雅士的标识吗？我们在童年时就有了那样的打扮。进了清华之后，才斗胆自主写信到天津邮购了一双白帆布鞋，才买了洋袜子穿。暑假把一双手工做的布袜子原样带回家，被母亲发现，才停止了布袜的供应。布鞋、毛窝，一直在脚上穿着，皮鞋是很久以后的事了。

小孩子哪有不馋的？早晨烧饼油条或是三角馒头，然后一顿面一顿饭，三餐无缺，要想吃零食不大容易。门口零食小贩是不许照顾的，有时候偷着吃“果子干”“玻璃粉”或是买串糖葫芦，被发现便不免要挨骂。所以我出去到大鹁鸽市进陶氏学堂的时候，看见卖糯米藕的小贩，驻足而观，几乎馋死，豁出两天不吃烧饼油条积了两个铜板才得买了一小碟吃。我的一个弟弟想吃肉，有一天情不自禁地问出一句使母亲心酸的话：“妈，小炸丸子卖多少钱一碟？”

革命以后，情况不同了。我的家庭也起了革命。我们可以穿白布衫裤，可以随时在院子里拍皮球、放风筝、耍金箍棒，可以逛隆福寺吃“驴打滚儿”“艾窝窝”。父亲也带我们挤厂甸。念字号儿，描红模子，读商务出版的“人手足刀尺，一人二手，开门见山，山高月小，水落石出……”，这一套启蒙教育，都是在炕桌上，在母亲的笤帚疙瘩的威吓下，顺利进行的。我们没受过体罚。我比较顽皮淘气，可是也没挨过打。我爱发问，我读过“一老人，入市中，买鱼两尾，步行回家”之后，曾经发问：“为什么买鱼两尾就不许他回家？”

父亲给我们订了一份商务的《儿童画报》，卷末有一栏绘一空白轮廓，要小读者运用想象力在其中填画一件彩色的实物。寄了去如果中选则有奖。我得了好几次奖，大概我是属于“小时了了”那一类型。上房后炕的炕案上有一箱装订成册的《吴友如画宝》，虽然说明文字未必能看得懂，画中大意往往能体会到一大部分，帮助我了解社会人生不浅。性的知识，我便是在八九岁时从吴友如的几期画报中领悟到的。

这就是我童年生活的大概。

点　名

我在小学读书的时候，先生根本不点名。全班二十几个学生，先生都记得他们的名字。谁缺席、谁迟到，先生举目一看，了如指掌，只需在点名簿上做个记号，节省不少时间。

我十四岁进了清华。清华的学生每个都编列号码（我在中等科是五八一号，高等科是一四九号）。早晨七点二十分吃早点（馒头稀饭咸菜），不准缺席迟到。饭厅座位都贴上号码，有人巡视抄写空位的号码。有贪睡懒觉的，非到最后一分钟不肯起床，匆促间来不及盥洗，便迷迷糊糊蓬头散发地赶到餐厅就座，呆坐片刻，俟点名过后再回去洗脸，早饭是牺牲了。若是不幸遇到斋务主任陈筱田先生点名，迟到五分钟的人就难逃法网了，因为这位陈先生记忆力过人，他不巡行点名，他隐身门后，他把迟到的人的号码一一录下。凡迟到若干次的便要在周末到“思过室”

里去受罚静坐。他非记号码不可，因为姓名笔画太繁，来不及写，好几百人的号码，他居然一一记得，这一份功夫真是惊人。三十多年后我偶然在南京下关遇见他，他不假思索喊出我的号码一四九。

下午是中文讲的课程，学校不予重视，各课分数不列入成绩单，与毕业无关，学生也就不肯认真。但是点名的形式还是有的，记得有一位叶老先生，前清的一位榜眼，想来是颇有学问的，他上图文课，简直不像是上课。他夹着一个布包袱走上讲台，落座之后打开包袱，取出眼镜戴上，打开点名簿，拿起一支铅笔（他拿铅笔的姿势和拿毛笔的姿势完全一样，挺直地握着笔管），然后慢条斯理地开始点名。出席的学生应声答“到”。缺席的也有人代他答“到”。有时候两个人同时替一个缺席的答“到”。全班哄笑。老先生茫然地问：“到底哪一位是……”全班又哄然大笑。点名的结果是全班无一缺席，事实上是缺席占三分之一左右。大约十分钟过去，老先生用他的浓重乡音开讲古文，我听了一年，无所得。

胡适之先生在北大上课，普通课堂容不下，要利用大礼堂，可容三五百人，但是经常客满，而且门口窗上都挤满了人。点名是不可能的。事实上其中还有许多“偷听生”，甚至是来自校外的。朱湘就是远从清华赶来偷听的一个。胡先生深知有教无类的道理，来者不拒，点名做甚？“桃李不言，下自成蹊。”

其实点名对于教师也有好处，往往可以借此多认识几个字。我们中国人的名字无奇不有。名从主人，他起什么样的名字自有他的权利。先生若是点名最好先看一遍名簿，其中可能真有不大寻常的字。若是当众读错了字，会造成很尴尬的局面。例如，寻常的“展”，偏偏写成“琵”，这是古文的展字，不是人人都认得的，猛然遇见这个字可能不知所措。又如“珡”就是古文的“琴”，由隶变而来，如今少写两笔就令人不免踌躇。诸如此类的情形不少，点名的老师要早防范一下。还有些常见的字，在名字里常见，在其他处不常用，例如，“茜”字，读“倩”不读“西”，报纸上字幕上常有“南茜”“露茜”出现，一般人遂跟着错下去。可是教师不许读错，读错了便要遭人耻笑了。[1] 也有些字是俗字，在字典里找不着，那就只好请教当地人士了。

[1] 由于年代差异，部分字、词的读音含义在发展进程中有所变化，此处提及的“茜”字，根据《现代汉语词典（第7版）》解释，该字用于人名、多用于外国好名字的译音时应读作“xī”。

讲　演

生平听过无数次讲演，能高高兴兴地去听，听得入耳，中途不打哈欠不打瞌睡者，却没有几次。听完之后，回味无穷，印象长留，历久弥新者，就更难得一遇了。

小时候在学校里，每逢星期五下午四时，奉召齐集礼堂听演讲，大部分是请校外名人莅校演讲，名之曰：“伦理演讲。”事前也不宣布讲题，因为，学校当局也不知道他要讲什么。也很可能他自己也不知要讲什么。总之，把学生们教训一顿就行。所谓名人，包括青年会总干事、外交部的职业外交家、从前做过国务总理的、做过督军什么的，还有孔教会会长等，不消说都是可敬的人物。他们说的话也许偶尔有些值得令人服膺弗失的，可是我一律“只做耳边风”。大概我从小就是不属于孺子可教的一类。每逢讲演，我把心一横，心想我卖给你一个钟头时间做你的听众之一便是。难道说我根本不想一瞻名人风采？那倒也不。人总是好奇，动物园里猴子吃花生，都有人围着观看。何况盛名之下世人所瞻的人物？闻名不如见面，不过也时常是见面不如闻名罢了。

给我印象最深的两次演讲，事隔数十年未能忘怀。一次是听梁启超先生讲“中国韵文里表现的情感”。时在民国十二年春，地点是清华学校高等科楼上一间大教室。主席是我班上的一位同学。一连讲了三四次，每次听者踊跃，座无虚席。听讲的人大半是想一瞻风采，可是听他讲得痛快淋漓，无不为之动容。我当时所得的印象是：中等身材，微露秃顶，风神潇洒，声如洪钟。一口的广东官话，铿锵有致。他的讲演是有底稿的，用毛笔写在宣纸稿纸上，整整齐齐一大沓，后来发表在《饮冰室文集》。不过他讲时不大看底稿，有时略翻一下，更时常顺口添加资料。他长篇大段地凭记忆引诵诗词，有时候记不起来，愣在台上良久良久，然后用手指敲头三两记，猛然记起，便笑容可掬地朗诵下去。讲起《桃花扇》，诵到“高皇帝，在九天，不管亡家破鼎，那知他圣子神孙，反不如飘蓬断梗……”竟涔涔泪下，听者愀然危坐，那景况感人极了。他讲得认真吃力，渴了便喝一口开水，掏出大块毛巾揩脸上的汗，不时地呼唤他坐在前排的儿子：“思成，黑板擦擦！”梁思成便跳上台去把黑板擦干净。每次钟响，他讲不完，总要拖几分钟，然后他于掌声雷动中大摇大摆地徐徐步出教室。听众守在座位上，没有一个敢先离席。

又一次是民国二十年夏，胡适之先生由沪赴平，路过青岛，我们在青岛的几个朋友招待他小住数日，顺便请他在青岛大学讲演一次。他事前无准备，只得临时“抓哏”，讲题是“山东在中国文化上的地位”。他凭他平时的素养，旁征博引，由“齐一变至于鲁，鲁一变至于道”，讲到山东一般的对于学术思想文学的种种贡献，好像是中国文化的起源与发扬尽在于是。听者全校师生绝大部分是山东人，直听得如醍醐灌顶，乐不可支，掌声不绝，真是好像要把屋顶震塌下来。胡先生雅擅言辞，而且善于恭维人，国语虽不标准，而表情非常凝重，说到沉痛处，辄咬牙切齿地一个字一个字地吐出来，令听者不由得不信服他所说的话语。他曾对我说，他是得力的圣经传道的作风，无论是为文或言语，一定要出之于绝对的自信，然后才能使人信。他又有一次演讲，一九六〇年七月他在西雅图“中美文化关系讨论会”用英文发表的一篇演说，题为“中国传统的未来”。他面对一些所谓汉学家，于一个多小时之内，缕述中国文化变迁的大势，从而推断其辉煌的未来，旁征博引，气盛言宜，赢得全场起立鼓掌。有一位汉学家对我说：“这是一篇丘吉尔式（Churchillian）的演讲！”其实一篇言中有物的演讲，岂止是丘吉尔式而已哉？

一般人常常有一种误会，以为有名的人，其言论必定高明；又以为官做得大者，其演讲必定动听。一个人能有多少学问上的心得，处理事务的真知灼见，或是独特的经验，值得兴师动众，令大家屏息静坐以听？爱因斯坦，在某大学餐宴之后被邀致辞，他站起来说：“我今晚没有什么话好说，等我有话说的时候会再来领教。”说完他就坐下去了。过了些天他果然自动请求来校，发表了一篇精彩的演说。这个故事，知道的人很多，肯效法仿行的人太少。据说有一位名人搭飞机到远处演讲，言之无物，废话连篇，听者连连欠伸，冗长的演讲过后，他问听众有何问题提出，听众没有反应，只有一人缓缓起立问曰：“你回家的飞机几时起飞？”

我们中国士大夫最忌讳谈金钱报酬，一谈到阿堵物，便显着俗。司马相如的一篇《长门赋》得到孝武皇帝、陈皇后的酬劳黄金百斤，那是文人异数。韩文公为人作墓碑铭文，其笔润也是数以斤计的黄金，招来谀墓的讥诮。郑板桥的书画润例自订，有话直说，一贯的玩世不恭。一般人的润单，常常不好意思自己开口，要请名流好友代为拟定。演讲其实也是吃开口饭的行当中的一种，即使是学富五车，事前总要准备，到时候面对黑压压的一片，即使能侃侃而谈，个把钟头下来，大概没有不口燥舌干的。凭这一份辛劳，也应该有一份报酬，但是邀请人来演讲的主人往往不做如是想。给你的邀请函不是已经极尽恭维奉承之能事，把你形容得真像是一个万流景仰而渴欲一瞻丰采的人物了吗？你还不觉得踌躇满志？没有观众，戏是唱不成的。我们为你纠合这么大一批听众来听你说话，并不收取你任何费用，你好意思反过来向我们索酬？在你眉飞色舞唾星四溅的时候，我们不是没有恭恭敬敬地给你送上一杯不冷不烫的白开水，喝不喝在你。讲完之后，我们不是没有给你猛敲肉梆子；你打道回府的时候，我们不是没有恭送如仪，鞠躬如也地一直送到你登车绝尘而去。我们仁至义尽，你尚何怨之有？

天下不公平之事，往往如是，越不能讲演的人，偏偏有人要他上台说话；越想登台致辞的人，偏偏很少机会过瘾。我就认识一个人，他略有小名，邀他讲演的人太多，使他不胜其烦。有一天（一九八零年三月十七日）他在报上看到一则新闻，《邱永汉先生访问记》，有这样的一段：

> 邱先生在日本各地演讲，每两小时报酬一百万元，折合台币十五万。想创业的年轻人向他请益需挂号排队，面授机宜的时间每分钟一万元。记者向他采访也照行情计算，每半小时两万元。借阅资料每件五千元。他太太教中国菜让电视台录影，也是照这行情。从三月初起，日本职业作家一齐印成采访价目一览表，寄往各报社，价格随石油物价的变动又有新的调整。

他看了灵机一动，何妨依样葫芦？于是敷陈楮墨，奋笔疾书，自订润格曰："老夫精神日损，讲演邀请频繁。深闭固拒，有伤和气。舌敝唇焦，无补稻粱。爰订润例，稍事限制。各方友好，幸垂察焉。市区以内，每小时讲演五万元，市区以外倍之。约宜早订，款请先惠……"稿尚未成，友辈来访，见之大惊，咸以为不可。都说此举不合情理，而且后果堪虞。他一想这话也对，不可造次，其事遂寝。

记梁任公先生的一次演讲

梁任公先生晚年不谈政治，专心学术。在民国十二年左右，清华学校请他做第一次演讲，题目是“中国韵文里表现的情感”。我很幸运地有机会听到这一篇动人的演讲。那时候的青年学子，对梁任公先生怀着无限的景仰，倒不是因为他是戊戌政变的主角，也不是因为他是云南起义的策划者，实在是因为他的学术文章对于青年确有启迪领导的作用。过去也有不少显宦，以及叱咤风云的人物莅校讲话，但是他们没有能留下深刻的印象。

任公先生的这一篇讲演稿，后来收在《饮冰室文集》里。他的讲演是预先写好的，整整齐齐地写在宽大的宣纸制的稿纸上面，他的书法很是秀丽，用浓墨写在宣纸上，十分美观。但是读他这篇文章和听他这篇讲演，那趣味相差很多，犹之乎读剧本与看戏之迥乎不同。

我记得清清楚楚，在一个风和日丽的下午，高等科楼上大教室里坐满了听众，随后走进了一位短小精悍秃头顶宽下巴的人物，穿着肥大的长袍，步履稳健，风神潇洒，左右顾盼，光芒四射，这就是梁任公先生。

他走上讲台，打开他的讲稿，眼光向下面一扫，然后是他的极简短的开场白，一共只有两句，头一句是："启超没有什么学问——"眼睛向上一翻，轻轻点一下头，"可是也有一点喽！"这样谦逊同时又这样自负的话是很难得听到的。他的广东官话是很够标准的，距离国语甚远，但是他的声音沉着而有力，有时又是洪亮而激亢，所以我们还是能听懂他的每一字，我们甚至想如果他说标准国语其效果可能反要差一些。

我记得他开头讲一首古诗《箜篌引》：

公无渡河。公竟渡河！
堕河而死，当奈公何！

这四句十六字，经他一朗诵，再经他一解释，活画出一出悲剧，其中有起承转合，有情节，有背景，有人物，有情感。我在听先生这篇讲演后二十余年，偶然获得机缘在茅津渡候船渡河。但见黄沙弥漫，黄流滚滚，景象苍茫，不禁哀从中来，顿时忆起先生讲的这首古诗。

先生博闻强记，在笔写的讲稿之外，随时引证许多作品，大部分他都能背诵得出。有时候，他背诵到酣畅处，忽然记不起下文，他便用手指敲打他的秃头，敲几下之后，记忆力便又畅通，成本大套地背诵下去了。

他敲头的时候，我们屏息以待，他记起来的时候，我们也跟着他欢喜。

先生的讲演，到紧张处，便成为表演。他真是手之舞之足之蹈之，有时掩面，有时顿足，有时狂笑，有时叹息。听他讲到他最喜爱的《桃花扇》，讲到“高皇帝，在九天，不管……”那一段，他悲从中来，竟痛哭流涕而不能自已。他掏出手巾拭泪，听讲的人不知有几多也泪下沾巾了！又听他讲杜氏讲到“剑外忽传收蓟北，初闻涕泪满衣裳……”先生又真是于涕泗交流之中张口大笑了。

这一篇讲演分三次讲完，每次讲过，先生大汗淋漓，状极愉快。听过这讲演的人，除了当时所受的感动之外，不少人从此对于中国文学产生了强烈的爱好。先生尝自谓“笔锋常带情感”，其实先生在言谈讲演之中所带的情感不知要更强烈多少倍！

有学问、有文采、有热心肠的学者，求之当世能有几人？于是我想起了从前的一段经历，笔而记之。

想我的母亲

父母对子女的爱，子女对父母的爱，是神圣的。我写过一些杂忆的文字，不曾写过我的父母，因为关于这个题目我不敢轻易下笔。小民女士逼我写几句话，辞不获已，谨先略述二三小事以应，然已临文不胜风木之悲。

我的母亲姓沈，杭州人。世居城内上羊市街。我在幼时曾侍母归宁，时外祖母尚在，年近八十。外祖父入学后，没有更进一步的功名，但是课子女读书甚严。我的母亲教导我们读书启蒙，尝说起她小时苦读的情形。她同我的两位舅父一起冬夜读书，冷得腿脚僵冻，取大竹篓一，实以败絮，三个人伸足其中以取暖。我当时听得惕然心惊，遂不敢荒嬉。我的母亲来我家时年甫十八九，以后操持家务尽瘁终身，不复有暇进修。

我同胞兄弟姊妹十一人，母亲的劬育之劳可想而知。我记得我母亲常于百忙之中抽空给我们几个较小的孩子洗澡。我怕肥皂水流到眼里、我怕痒，总是躲躲闪闪，总是咯咯地笑个不住，母亲没有工夫和我们纠缠，随手一巴掌打在身上，边洗边打边笑。

北方的冬天冷，屋里虽然有火炉，睡时被褥还是凉似铁。尤其是钻进被窝之后，脖子后面透风，冷气顺着脊背吹了进来。我们几个孩子睡一个大炕，头朝外，一排四个被窝。母亲每晚看到我们钻进了被窝，吱吱喳喳地笑语不停，便走过来把油灯吹熄，然后给我们一个个地把脖子后面的棉被塞紧，被窝立刻暖和起来，不知不觉地就睡着了。我不知道母亲用的是什么手法，只知道她塞棉被带给我无可言说的温暖舒适，我至今想起来还是快乐的，可是那个感受不可复得了。

我从小不喜欢喧闹。祖父母生日照例院里搭台唱傀儡戏或滦州影戏。一过八点我便掉头而去进屋睡觉。母亲得暇便取出一个大簸箩，里面装的是针线剪尺一类的缝纫器材，她要做一些缝缝补补的工作，这时候我总是一声不响地偎在她的身旁，她赶我走我也不走，有时候竟睡着了。母亲说我乖，也说我孤僻。如今想想，一个人能有多少时间可以偎在母亲身旁？

在我的儿时记忆中，我母亲好像是没有时候睡觉的。天亮就要起来，给我们梳小辫是一桩大事，一根一根地梳个没完。她自己要梳头，我记得她用一把抿子蘸着刨花水，把头发弄得锃光大亮。然后她就要一听上房有动静便急忙前去当差。盖碗茶、燕窝、莲子、点心，都有人预备好了，但是需要她去双手捧着送到祖父母跟前，否则要儿媳妇做什么？在公婆面前，儿媳妇永远是站着，没有座位的。足足地站几个钟头下来，不是缠足的女人怕也受不了！最苦的是，公婆年纪大，不过午夜不安歇，儿媳妇要跟着熬夜在一旁侍候。她困极了，有时候回到房里来不及脱衣服倒下便睡着了。虽然如此，母亲从来没有发过一句怨言。到了民元前几年，祖父母相继去世，我母亲才稍得清闲，然而主持家政教养儿女也够她劳苦的了。她抽暇隔几年返回杭州老家去度夏，有好几次都是由我随侍。

母亲爱她的家乡。在北京住了几十年，乡音不能完全改掉。我们常取笑她，例如，北京的“京”，她说成“金”，她有时也跟我们学，总是学不好，她自己也觉得好笑。我有时学着说杭州话，她说难听死了，像是门口儿卖笋尖的小贩说的话。

我想一般人都会同意，凡是自己母亲做的菜永远是最好吃的。我的母亲平常不下厨房，但是她高兴的时候，尤其是父亲亲自到市场买回鱼鲜或其他南货的时候，在父亲特烦之下，她也欣然操起刀俎。这时候我们就有福了。我十四岁离家到清华，每星期回家一天，母亲就特别疼爱我，几乎很少例外地要给我炒一盘冬笋木耳韭菜黄肉丝，起锅时浇一勺花雕酒，这是我最喜欢的一道菜。但是这一盘菜一定要母亲自己炒，别人炒味道就不一样了。

我母亲喜欢在高兴的时候喝几盅酒。冬天午后围炉的时候，她常要我们打电话到长发叫五斤花雕，绿釉瓦罐，口上罩着一张毛边纸，温热了倒在茶杯里和我们共饮。下酒的是大落花生，若是有“抓空儿的”，买些干瘪的花生吃则更有味。我和两位姐姐陪母亲一顿吃完那一罐酒。后来我在四川独居无聊，一斤花生一罐茅台当作晚饭，朋友们笑我吃“花酒”，其实是我母亲留下的作风。

我自从入了清华，以后和母亲在一起的时候就少了。抗战前后各有三年和母亲住在一起。母亲晚年喜欢听平剧，最常去的地方是吉祥，因为离家近，打个电话给卖飞票的，总有好的座位。我很后悔，我没能分出时间陪她听戏，只是由我的姐姐弟弟们陪她消遣。

我父亲曾对我说，我们的家所以成为一个家，我们几个孩子所以能成为人，全是靠了我母亲的辛劳维护。一九四九年以后，音讯中断，直等到恢复联系，才知道母亲早已弃养，享寿九十岁。西俗，母亲节佩红康乃馨，如不确知母亲是否尚在则佩红白康乃馨各一。如今我只有佩白康乃馨的份儿了，养生送死，两俱有亏，惨痛惨痛！

感情的动物

也不知是谁，说过一句：“人是感情的动物。”说人是动物，我倒不恼，因为人的确是近乎动物的一类，无论他的血是凉的还是热的，在动物的范围以内人总有他应得的位置。不过把人当作“感情的动物”，便时常足以发生一种影响，其结果足以使人露出人的本来面目来。

人的本来面目，不大好看。假如今有四五个于此，把衣服剥了去，把体面礼法惯例通通破除，然后再有人把一块带肉的骨头抛到他们中间，你看吧，是一出全武行！再譬如，一个人浑身都是感情，你不触动他倒也罢了，你万一误碰了一根毫发，他能疯了似的回过头来给你一口。“人是感情的动物”，这句话没有说错。

可是我们总是希望人能从“感情的动物”进化到“理性的动物”，由感情从事进化到诉诸理性。有人告诉我说：“你不觉得吗？我们是正在进化着呢。”

钱的教育

《乌托邦》的作者告诉我们说，在理想国里，小孩子拿金钱当作玩具，孩子们可以由性地大把地抓钱，顺手丢来丢去地玩。其用意在使孩子把金钱看成司空见惯的东西，久之便会觉得金钱这东西稀松平常，长大了之后自然也就不会过分地重视金钱，贪吝的毛病也就可以不至于犯了。这理想恐怕终归是个理想吧？小孩子没有不喜欢耍枪弄棒的，长大之后更容易培养出尚武的精神。小孩子没有不喜欢飞机模型的，长大之后很可能对航空产生很大的兴趣。所以幼习俎豆，长大便成圣贤，这种故事不能不说有几分道理。小时候在钱堆里打滚，大了便不爱钱，这道理我却不敢深信。

事实上一般小孩子所受的关于钱的教育，都是培养他对于钱的爱好。我们小时候，玩的不是钱，而常常是装钱的扑满。门口过来了一个小贩，吆喝着："小盆儿啊小罐儿啊！"往往不经我们的请求，大人就给买一个瓦制的小扑满。大人告诉我们把钱一个个地放进那个小孔里面，积着，积着，积满了之后扑的一声摔碎，便可以有笔大钱。那一笔钱做什么用？从来没有人告诉我们。以我个人而论，我拿到一个扑满之后，我却是被这个古怪的玩意儿所诱惑了，觉得怪有趣的，恨不得能立刻把它填满，我憧憬着将来有一天摔碎它时的那种快乐。我手里难得有钱，钱是在父亲屋里的大木柜里锁着的，我手里的钱只有三种来源：一是过年时的压岁钱，或是客人来时给的红纸包的钱；二是自己生辰家里长辈给的钱；三是从每日点心费里积攒下来的节余。有一点儿富余的钱，便急忙投进扑满，当的一声，怪好玩儿的。起初我对于这小小的储蓄银行很感兴趣，不时地取出来摇摇，从那个小孔往里面窥看。但是不久我就恍然，我是被骗了，因为我在想买冰糖葫芦或是糯米藕的时候，才明白那扑满里的钱是无法取出来用的，那窟窿太小，倒是倒不出来，用刀子拨也拨不出来，要摔又不敢，我开始明白这不是一个玩具，这是一个强迫储蓄的陷阱。金钱这东西为什么那样宝贵，必须如此周密地储藏起来呢？扑满并没有给我养成储蓄的美德，它反倒帮助我对于钱产生一种神秘的感觉。

有人主张绝对不给孩子们任何零钱，一切糖果玩具都已准备齐全，当然无从令孩子们去学习挥霍的本领。铜臭是越晚沾染人的双手越好。可是这种办法也有时效的限制，一离开家之后任何孩子都会立刻感觉到钱的重要。我小的时候，每天上学口袋里放两个铜板，到学校可以买两套烧饼油条做早点吃，我本来也没有别的欲望，但是过了两天，学校门口来了一个卖糯米藕的小贩，围了一圈的小顾客，我挤进去一看，那小贩正在一片一片地切着一橛赭中带紫的东西，像是藕，可是孔里又塞着东西，切好之后浇一小勺红糖汁和一小勺桂花汁，令人馋涎欲滴！我咽了一口唾沫之后退出来了。第二天仗着胆子去买一碟尝尝，却料不到起码要四个铜板才肯卖。我忍了两天没吃早点换到了一碟这个无名的美味。这是我有生以来第一次感觉到钱的用处，第一次感觉到没有钱的苦处。我相当了解了钱的神秘。

钱的用处比较容易明白，钱从什么地方来，便比较难以了解。父母的柜子里、皮包里，不断地有钱来补充。但是从哪里来的呢？有人主张用实验的方法教导孩子：不工作便没有钱。于是他们鼓励孩子们服务，按服务的多寡优劣而付给报酬。芟除庭草，一角钱；汲水浇花，一角钱；看家费，一角钱；投邮费，一角钱……这种办法有好处，可以让孩子知道钱不是白给的，是劳动换来的。但是也有流弊，“没有钱便不工作”。我看见过很多人家的孩子，不给钱便不肯写每天一页的大字，不给钱便死抱着桌腿不肯上学，不给钱便撒泼打滚不给你一刻安静的工夫去睡午觉。这样，钱的报酬的功用已经变成为贿赂的功用了！“没有钱便不工作”，这原则并不错，不过在家庭里应用起来，便抹杀了人与人之间的情分。似乎是太早地戕贼了人的性灵了。

如果把钱的教育写成一本大书，我想也不过是上下二卷，上卷是钱怎样来，下卷是钱怎样去。

钱怎样来，只能由上一辈的人做一个榜样给下一辈的人看。

示范的作用很大，孩子们无须很早地就实习。如果一个人的人生观和宇宙观都是从钱的方孔里望出去的，我相信他的孩子们一定会有一套拜金主义的心理。如果一个人用各种欺骗舞弊的方法把钱弄到家里而并不脸红，而且扬扬得意地自诩为能，甚而给孩子们也分润一点儿油水，我想这也就是很有效的一种教育，孩子长大必定也会有从政经商的全副的本领。所谓家学渊源，在这一方面也应用得上。讲到钱的去处，孩子们的意见永远不会和上一辈的相同，年轻人总觉得父母把钱系在肋骨上，每个大钱拿下来都是血淋淋的。钱永远没有足够的时候。正当用钱的方法，是可以从小就加以训练的。有人主张，一个家庭的经济应该对孩子们公开，月底召开一次家庭会议，懂事的孩子们全都列席，家长报告账目和预算，让大家公开讨论。在这民主的形式之下，孩子们会养成一种自尊。大姐姐本来吵着买大衣，结果会自动放弃，移做弟弟妹妹买皮鞋用；大哥哥本来争着要置自行车，结果也会自动放弃，移做冬天买煤之用。这是良好习惯的养成。钱用在比较起来最需要的地方去。钱不但满足自己的物质的需要，钱还要顾及自己的内心的平安。这样的用钱的方法，值得一试。孩子们不一定永远是接受命令，他们也可以理解。

钱

钱这个东西，不可说，不可说。一说起阿堵物，就显着俗。其实钱本身是有用的东西，无所谓俗。或形如契刀，或外圆而孔方，样子都不难看。若是带有斑斑绿锈，就更古朴可爱。稍晚的“交子”“钞引”以至于近代的纸币，也无不力求精美雅观，何俗之有？钱财的进出取舍之间诚然大有道理，不过贪者自贪，廉者自廉，关键在于人，与钱本身无涉。像和峤那样的爱钱如命，只可说是钱癖，不能斥之曰俗；像石崇那样的挥金似土，只可说是奢汰，不能算得上雅。俗也好，雅也好，事在人为，钱无雅俗可辨。

有人喜集邮，也有人喜集火柴盒，也有人喜集戏报子，也有人喜集鼻烟壶，也有人喜集砚、集墨、集字画古董，甚至集眼镜、集围裙、集三角裤。各有所好，没有什么道理可讲。但是古今中外几乎人人都喜欢收集的却是通货。钱不嫌多，愈多愈好。庄子曰：“钱财不积，则贪者忧。”岂止贪者忧？不贪的人也一样想积财。

人在小的时候都玩过扑满，这玩意儿历史悠久，《西京杂记》：“扑满者，以土为器，以蓄钱具，其有入窍而无出窍，满则扑之。”北平叫卖小贩，有喊“小盆儿小罐儿”的，担子上就有大大小小的扑满，全是陶土烧成的，“形状不雅，一碰就碎”。虽然里面容不下多少钱，可是让孩子们从小就知道储蓄的道理了。外国也有近似扑满的东西，不过通常不是颠扑得碎的，是用钥匙可以打开的，多半做猪形，名之为“猪银行”。不晓得为什么选择猪形，也许是取其大肚能容吧？

我们的平民大部分是穷苦的，靠天吃饭，就怕干旱水涝，所以养成一种饥荒心理，“常将有日思无日，莫待无时思有时”。储蓄的美德普遍存在于各阶层。我从前认识一位小学教员，别看她月薪只有区区三十余元，她省吃俭用，省俭到午餐常是一碗清汤挂面洒上几滴香油，二十年下来，她拥有两栋小房（谁忍心说她是不劳而获的资产阶级）。我也知道一位人力车夫，劳其筋骨，为人做马牛，苦熬了半辈子，携带一笔小小的资财，回籍买田娶妻生子做了一个自耕的小地主。这些可敬的人，他们的钱是一文一文积攒起来的。而且他们常是量入为储，每有收入，不拘多寡，先扣一成两成作为储蓄，然后再安排支出。就这样，他们爬上了社会的阶梯。

“人无横财不富，马无夜草不肥。”话虽如此，横财逼人而来，不是人人唾手可得，也不是全然可能泰然接受的。“腰缠十万贯，骑鹤上扬州”，只是一厢情愿的想法，暴发之后，势难持久，君不见：显宦的孙子做了乞丐，巨商的儿子做了龟奴？及身而验的现世报，更是所在多有。钱财这个东西，真是难以捉摸，聚散无常。所以谚云：“积财千万，不如薄技在身。”

钱多了就有麻烦，不知放在哪里好。枕头底下没有多少空间，破鞋窠里面也塞不进多少。眼看着财源滚滚，求田问舍怕招物议，多财善贾又怕风波，无可奈何只好送进银行。我在杂志上看到过一段趣谈：印第安人酋长某，平素聚敛不少，有一天带了一大口袋钞票存入银行，定期一年，期满之日他要求全部提出，行员把钞票一叠一叠地堆在柜台上，有如山积。酋长看了一下，徐曰：“请再续存一年。”行员惊异，既要续存，何必提出？酋长说：“不先提出，我怎么知道我的钱是否安然无恙地保存在这里？”这当然是笑话，不过我们从前也有金山银山之说，却是千真万确的。我们从前金融界执牛耳的大部分是山西人，票庄掌柜的几乎一律是老西儿。据说他们家里就有金山银山。赚了金银运回老家，熔为液体，泼在内室地上，积年累月一勺一勺地泼上去，就成了一座座亮晶晶的金山银山。要用钱的时候凿下一块就行，不虞盗贼光顾。没亲眼见过金山银山的人，至少总见过冥衣铺用纸糊成的金童玉女、金山银山吧？从前好像还没有近代恶性通货膨胀的怪事，然而如何维护既得的资财，也已经是颇费心机了。如今有些大户把钱弄到某些外国去，因为那里的银行有政府担保，没有倒闭之虞，而且还为存户保密，真是服务周到极了。[1]

善居积的陶朱公，人人羡慕，但是看他变姓名游江湖，其心理恐怕有几分像是挟巨资逃往国外做寓公，离乡背井的，多少有一点不自在。所以一个人尽管贪财，不可无厌。无冻馁之忧，有安全之感，能罢手时且罢手，大可不必“人为财死”而后已，陶朱公还算是聪明的。

钱，要花出去，才发生作用。穷人手头不裕，为了住顾不得衣，为了衣顾不得食，为了食谈不到娱乐，有时候几个孩子同时需要买新鞋，会把父母急得冒冷汗！贫窭到这个地步，一个钱也不能妄用，只有牛衣对泣的份儿。小康之家用钱大有伸缩余地，最高明的是不求生活水准之全面提高，而在几点上稍稍突破，自得其乐。有人爱买书，有人爱买衣裳，有人爱度周末，各随所好。把钱集中用在一点上，便可比较容易适度满足自己的欲望。至于豪富之家，挥金如土，未必是福，穷奢极欲，乐极生悲，如果我们举例说明，则近似幸灾乐祸，不提也罢。公元前五世纪雅典的泰蒙，享尽了人间的荣华富贵，也吃尽了世态炎凉的苦头，他最了解金钱的性质，他认识了金钱的本来面目，钱是人类的公娼！与其像泰蒙那样疯狂而死，不如早些疏散资财，做些有益之事，清清白白，赤裸裸来去无牵挂。

[1] 本文写作时间为 19 世纪 40 年代，当时的国内外银行业发展状况与当前存在较大差异。

健　　忘

是爱迪生吧？他一手持蛋，一手持表，准备把蛋下锅煮五分钟，但是他心里想的是一桩发明，竟把表投在锅里，两眼盯着那个蛋。

是牛顿吧？专心做一项实验，忘了吃摆在桌上的一餐饭。有人故意戏弄他，把那一盘菜肴换为一盘吃剩的骨头。他饿极了，走过去吃，看到盘里的骨头叹口气说：“我真糊涂，我已经吃过了。”

这两件事其实都不能算是健忘，都是因为心有所旁骛，心不在焉而已。废寝忘餐的事例，古今中外尽多的是。真正患健忘症的，多半是上了年纪的人。小小的脑壳，里面能装进多少东西？从五六岁记事的时候起，脑子里就开始储藏这花花世界的种种印象，牙牙学语之后，不久又“念、背、打”，打进去无数的诗云、子曰，说不定还要硬塞进去一套 ABCD，脑海已经填得差不多，大量的什么三角儿、理化、中外史地之类又猛灌而入，一直到了成年，脑子还是不得清闲，做事上班、养家糊口，无穷无尽的阘茸事又需要记挂，脑子里挤得密不通风，天长日久，老态渐臻，脑子里怎能不生锈发霉而记忆开始模糊？

人老了，常易忘记人的姓名。大概谁都有过这样的经验：蓦地途遇半生不熟的一个人，握手言欢老半天，就是想不起他的姓名，也不好意思问他尊姓大名，这情形好尴尬，也许事后于无意中他的姓名猛然间涌现出来，若不及时记载下来，恐怕随后又忘到九霄云外。人在尚未饮忘川之水的时候，脑子里就开始了清仓的活动。范成大诗：“僚旧姓名多健忘，家人长短总佯聋。”僚旧那么多，有几个能令人长相忆？即使记得他相貌特征，他的姓名也早已模糊了，倒是他的绰号有时可能还记得。

不过也有些事终生难忘的，白居易所谓：“老来多健忘，唯不忘相思。”当然相思的对象可能因人而异。大概初恋的滋味是永远难忘的，两团爱凑在一起，迸然爆出了火花，那一段惊心动魄的感受，任何人都会珍藏在他和她的记忆里，忘不了，忘不了。“春风得意马蹄疾”的得意事，不容易忘怀，而且唯恐大家不知道。沮丧、窝囊、羞耻、失败的不如意事也不容易忘，只是捂捂盖盖的，不愿意一再地抖搂出来。

忘不一定是坏事。能主动地彻底地忘，需要上乘的功夫才办得到。《孔子家语》：“哀公问于孔子曰：‘寡人闻忘之甚者，徙而忘其妻，有诸？’孔子曰：‘此犹未甚者也。甚者乃忘其身。”’徙而忘其妻，不足为训，但是忘其身则颇有道行。人之大患在于有身，能忘其身即是到了忘我的境界。常听人说，忘恩负义乃是最令人难堪的事之一。莎士比亚有这样的插曲——

> 吹，吹，冬天的风，
> 你不似人间的忘恩负义
> 那样的伤天害理；
> 你的牙不是那样的尖，
> 因为你本是没有形迹，
> 虽然你的呼吸甚厉……
> 冻，冻，严酷的天，
> 你不似人间的负义忘恩
> 那般的深刻伤人；
> 虽然你能改变水性，
> 你的尖刺却不够凶，
> 像那不念旧交的人……

其实施恩示义的一方，若是根本忘怀其事，不在心里留下任何痕迹，则对方根本也就像是无恩可忘无义可负了。所以崔瑗座右铭有“施人慎勿念，受施慎勿忘”之语。马可·奥勒留说：“我们遇到忘恩负义的人不要惊讶，因为世界上就是有这样的一种人。”这种见怪不怪的说法，虽然洒脱，仍嫌执着，不是上乘义。《列子·周穆王》篇有一段较为透彻的见解：

宋阳里华子，中年病忘。朝取而夕忘，夕与而朝之；在途则忘行，在室则忘坐；今不识先，后不识今。阖家毒之。巫医皆束手无策。鲁有儒生自媒能治之。华子之妻以所蓄资财之半求其治疗之方。儒生曰：“此非祈祷药石所能治。吾试化其心，变其虑，庶几其瘳乎？”于是试露之，而求衣；饥之，而求食；幽之，而求明。儒生欣然告其子曰：“疾可已也，然吾之方密传世，不以告人。试屏左右，独与居室七日。”从之。莫知其所施为也，而积年之疾一朝尽除。华子既悟，乃大怒，黜妻罚子，操戈逐儒生。宋人执而问其以，华子曰：“曩吾忘也，荡荡然不觉天地之有无。今顿识既往，数十年来存亡得失、哀乐好恶，扰扰万绪起矣。吾恐将来之存亡得失、哀乐好恶之乱吾心如此也。须臾之忘，可复得乎？”子贡闻而怪之，以告孔子。孔子曰：“此非汝所及乎。”

然而健忘，自有诸多不便处。有人曾打电话给朋友，询问自己家里的电话号码。也有人外出餐叙，餐毕回家而忘了自家的住址，在街头徘徊四顾，幸而遇到仁人君子送他回去。更严重的是有人忘记自己是谁，自己的姓名、住址一概不知，真所谓物我两忘，结果只好被人送进警局招领。像华子所向往的那种“荡荡然不觉天地之有无”的境界，我们若能偶然体验一下，未尝不可，若是长久地那样精进而不退转，则与植物无大差异，给人带来的烦恼未免太大了。

忙什么

在文明的城市里，你若是能从马路这边平平安安地跨到马路那边，在中间不发生命案，你至少可以说是有一技之长了。因为稍微浑厚一点的人，在车水马龙的街道上，东张西望，不是车碰了你，就是你碰了车。车碰了你，那还好办，即是碰死了也只是照例罚车夫几个钱；若是你碰了车，这一笔损失你就许赔一辈子也赔不清。所以在下初来上海时，看见汽车之多，就深深地感到一种乡下人之悲哀，虽然我很明白上海还不是最文明的城市。

从汽车夫的眼睛看来，在街道上行走的芸芸众生是很有碍交通的。汽车夫所以要快驶的缘故，也不难索解，因为有时候坐在车厢里的不完全是我们中国人，更有时简直不是我们中国人。所以汽车疾驶是由于必要，而这种必要是在打倒帝国主义的走狗以前永远存在的。现在若有汽车和行人冲撞，我不怪汽车开得太快，我只怪行人躲得太慢。

听说在很文明的纽约城，警察常张贴布告，警告开汽车的人说：“忙什么？你只是想赶到你自己的殡前去！”上海的警察应该换个口吻说:“忙什么？你只是想送别人的殡！”

晒　书　记

《世说新语》:“郝隆七月七日，出日中仰卧，人问其故，答曰:“‘我晒书。’”

我曾想，这位郝先生直挺挺地躺在七月的骄阳之下，晒得浑身滚烫，两眼冒金星，所为何来？他当然不是在做日光浴，书上没有说他脱光了身子。他本不是刘伶那样的裸体主义者。我想他是故做惊人之状，好引起“人问其故”，他好说出他的那一句惊人之语“我晒书”。如果旁人视若无睹，见怪不怪，这位郝先生也只好站起来拍拍衣服上的灰尘而去。郝先生的意思只是要向侪辈夸示他的肚子里全是书。书既装在肚子里，其实就不必晒。

不过我还是很羡慕郝先生之能把书藏在肚里，至少没有晒书的麻烦。

我很爱书，但不一定是爱读书。数十年来，书也收藏了一点，可是并没有能尽量地收藏到肚里去。到如今，腹笥还是很俭。所以读到《世说新语》这一则，便有一点惭愧。

先严在世的时候，每次出门回来必定买回一包包的书籍。他喜欢研究的主要是小学，旁及于金石之学，积年累月，收集渐多。我少时无形中亦感染了这个嗜好，见有合意的书即欲购来而后快。限于资力、学力，当然谈不到什么藏书的规模。不过汗牛充栋的情形却是体会到了，搬书要爬梯子，晒一次书要出许多汗，只是出汗的是人，不是牛。每晒一次书，全家老小都累得气咻咻然，真是天翻地覆的一件大事。见有衣鱼蛀蚀，先严必定蹙额太息，感慨地说："有书不读，叫蠹鱼去吃也罢。"刻了一枚小印，曰"饱蠹楼"，藏书所以饱蠹而已。我心里很难过，家有藏书而用以饱蠹，子女不肖，贻先人羞。

丧乱以来，所有的藏书都弃置在家乡，起先还叮嘱家人要按时晒书，后来音信断绝也就无法顾到了。仓皇南下之日，我只带了一箱书籍，辗转播迁，历尽艰苦。曾穷三年之力搜购杜诗六十余种版本，因体积过大亦留在大陆。从此不敢再做藏书之想。此间炎热，好像蠹鱼繁殖特快，随身带来的一些书籍竟被蛀蚀得体无完肤，情况之烈前所未有。日前放晴，运到阶前展晒，不禁想起从前在家乡晒书，往事历历，如在目前。南渡诸贤，新亭对泣，联想当时确有不得不如此的道理在。我正在伛偻着背，一册册地拂拭，有客适适然来，看见阶上阶下五色缤纷的群籍杂陈，再看到书上蛀蚀透背的惨状，对我发出轻微的嘲笑道："读书人竟放任蠹虫猖狂乃尔？”我回答说：“书有未曾经我读，还需拿出曝晒，正有愧于郝隆；但是造物小儿对于人的身心之蛀蚀，年复一年，日益加深，使人意气消沉，使人形销骨毁，其惨烈恐有甚于蠹鱼之蛀书本者。人生贵适意，蠹鱼求一饱，两俱相忘，伺必戚戚？”客嘿然退。乃收拾残卷，掩入室内。而内心激动，久久不平，想起饱蠹楼前趋庭之日，自惭老大，深愧未学，忧思百结，不得了脱，夜深人静，爰濡笔为之记。

顺其自然，知足常乐

清晨走到空旷处，看东方既白，远山如黛，空气里没有太多的尘埃炊烟混杂在内，可以放心地尽量地深呼吸，这便是一天中难得的享受。

散　　步

《琅嬛记》云："古之老人，饭后必散步。"好像是散步限于饭后，仅是老人行之，而且盛于古时。现代的我，年纪不大，清晨起来盥洗完毕便提起手杖出门去散步。这好像是不合古法，但我已行之有年，而且同好甚多，不只我一人。

清晨走到空旷处，看东方既白，远山如黛，空气里没有太多的尘埃炊烟混杂在内，可以放心地尽量地深呼吸，这便是一天中难得的享受。据估计："目前一般都市的空气中，灰尘和烟煤的每周降量，平均每平方公里约为五吨，在人烟稠密或工厂林立的地区，有的竟达二十吨之多。"养鱼的都知道要经常为鱼换水，关在城市里的人真是如在火宅，难道还不在每天清早从软暖习气中挣脱出来，服几口清凉散？

散步的去处不一定要是山明水秀之区，如果风景宜人，固然觉得心旷神怡，就是荒村陋巷，也自有它的情趣。一切只要随缘。我从前沿着淡水河边，走到萤桥，现在顺着一条马路，走到土桥，天天如是，仍然觉得目不暇接。朝露未干时，有蚯蚓、大蜗牛，在路边蠕动，没有人伤害它们，在这时候这些小小的生物可以和我们和平共处。也常见有被碾毙的田鸡、野鼠横尸路上，令人触目惊心，想到生死无常。河边蹲踞着三三两两浣衣女，态度并不轻闲，她们的背上兜着垂头瞌睡的小孩子。田畦间伫立着几个庄稼汉，大概是刚拔完萝卜摘过菜。是农家苦，还是农家乐，不大好说。就是从巷弄里面穿行，无意中听到人家里的喁喁絮语，有时也能令人忍俊不禁。

六朝人喜欢服五石散，服下去之后五内如焚，浑身发热，必须散步以资宣泄。到唐朝时犹有这种风气。元稹诗“行药步墙阴”，陆龟蒙诗“更拟结茅临水次，偶因行药到村前”。所谓行药，就是服药后的散步。这种散步，我想是不舒服的。肚里面有丹砂、雄黄、白矾之类的东西作怪，必须脚步加快，步出一身大汗，方得畅快。我所谓的散步不这样的紧张，遇到天寒风大，可以缩颈疾行，否则亦不妨迈方步，缓缓而行。培根有言：“散步利胃。”我的胃口已经太好，不可再利，所以我从不跄踉地趱路。六朝人所谓“风神萧散，望之如神仙中人”，一定不是在行药时的写照。

散步时总得携带一根手杖，手里才觉得不闲得慌。山水画里的人物，凡是跋山涉水的总免不了要有一根邛杖，否则好像是摆不稳当似的。王维诗："策杖村西日斜。"村东日出时也是一样地需要策杖。一杖在手，无须舞动，拖曳就可以了。我的一根手杖，因为在地面摩擦的关系，已较当初短了寸余。手杖有时亦可作为武器，聊备不时之需，因为在街上散步者不仅是人，还有狗。不是夹着尾巴的丧家之狗，也不是循循然汪汪叫的土生土长的狗，而是那种雄赳赳的横眉竖眼张口伸舌的巨獒，气咻咻地迎面而来，后面还跟着骑脚踏车的扈从，这时节我只得一面退避三舍，一面加力握紧我手里的竹杖。那狗脖子上挂着牌子，当然是纳过税的，还可能是系出名门，自然也有权利出来散步。还好，此外尚未遇见过别的什么猛兽。唐慈藏大师"独静行禅，不避虎兕"，我只有自惭定力不够。

散步不需要伴侣，东望西望没人管，快步慢步由你说，这不但是自由，而且只有在这种时候才特别容易领略到"前不见古人，后不见来者"那种"分段苦"的味道。天覆地载，孑然一身。事实上街道上也不是绝对的阒无一人，策杖而行的不只我一个，而且经常地有很熟的面孔准时准地地出现，还有三五成群的小姑娘，老远地就送来木屐声。天长日久，面孔都熟了，但是谁也不理谁。在外国的小都市，你清早出门，一路上打扫台阶的老太婆总要对你搭讪一两句话，要是在郊外山上，任何人都要彼此脱帽招呼。他们不嫌多事。我有时候发现，一个形容枯槁的老者忽然不见他在街道散步了，第二天也不见，第三天也不见，我真不敢猜想他是到哪里去了。

太阳一出山，把人影照得好长，这时候就该往回走。再晚一点便要看到穿蓝条睡衣睡裤的女人们在街上或是河沟里倒垃圾，或者是捧出红泥小火炉在路边呼呼地扇起来，弄得烟气腾腾。尤其是，风驰电掣的现代交通工具也要像是猛虎出柙一般地露面了，行人总以回避为宜。所以，散步一定要在清晨，白居易诗：“晚来天气好，散步中门前。”要知道白居易住的地方是伊阙，是香山，和我们住的地方不一样。

小　　花

小花子本是野猫，经菁清留养在房门口处，起先是供给一点食物一点水，后来给它一只大纸箱作为它的窝，放在楼梯拐角处，终乃给它买了一只孩子用的鹅绒被袋作为铺垫，而且给它设了一个沙盆逐日换除洒扫。从此小花子就在我们门前定居，不再到处晃荡，活像《鸿鸾禧》里的叫花子，喝完豆汁儿之后甩甩袖子连呼："我是不走的了啊，我是不走的了啊！"

彼此相安，没有多久。

有一天我回家看见菁清抱着小花子在房间里踱来踱去，我惊问："它怎么登堂入室了？"我们本来约定不许它越雷池一步的。

“外面风大，冷，你不是说过猫怕冷吗？”

我是说过，猫是怕冷。结果让它在室内暖和了一阵，仍然送到户外。看着它在寒风里缩成一团偎在纸箱里，我心里也有些不忍。

再过些时，有一天小花子不见了，整天都没回来就食，不知它云游何处去了。一天两天过去，杳无消息。它虽是野猫，我们对它不只有一饭之恩，当然甚是牵挂。每天打开门看看，猫去箱空，辄为黯然。

忽然有一天它回来了。浑身泥污，而且沾有血迹。它的嘴里挂着血淋淋的一块肉似的东西，像是碎裂的牙肉。菁清赶快把它抱起，洗刷一下，在身上有血迹处涂了紫药水，发现它的两颗虎牙没有了，满嘴是血。我们不知它遭遇了什么灾难，落得如此狼狈。菁清取出一个竹笼，把它装了进去，骑车直奔国际猫狗专科病院辜仲良（泰堂）先生处。辜大夫说，它的牙被人敲断了，大量出血，被人塞进几团药棉花，它在身上乱舔所以到处有血迹。于是给它打针防破伤风，注射消炎剂，清洗口腔，取出药棉花，涂药。菁清抱它回来，说：“看它这个样子，今天不要叫它在门外睡了吧？”我还有什么话说。于是小花子进了家门，睡在属于黑猫公主的笼子里。黑猫公主关在楼上寝室里。三猫隔离，各不相扰。这是临时处置，我心想，过一两天还是要放小花子到门外去的。

但是没想到第二天菁清又有了新发现，她告我说，在她掰开猫嘴涂药时发觉猫的舌头短了一大截，舌尖不见了。大概是牙被敲断时，被人顺手把舌头也剪断了。菁清要我看，我不敢看。我不知道它犯了什么大过，受此酷刑。我这才明白为什么每次喂它吃鱼总是吃得盘里盘外狼藉不堪，原来它既无门牙又缺半截舌头。世界上是有厌猫的人。据说，拿破仑就厌恶猫，“在某次战役中，有个侍从走过拿破仑的卧房时，突然听到这位法国皇帝在呼救。他打开房门一看，拿破仑的衣服才穿到一半，满头大汗，用剑猛刺绣帷，原来他是在追杀一只小猫”。美国的艾森豪威尔总统也恨猫，“在盖茨堡家中的电视机旁，备有一支鸟枪打击乌鸦。此外他还下令，周遭若出现任何猫，格杀勿论”。英文里有一个专门名词，称厌恶猫者为 ailurophobe。我想我们的小花子一定是在外游荡时遇到了一位厌猫者，敲掉门牙剪断舌头还算是便宜了它。

菁清说，这猫太可怜，并且历数它的本质不恶，天性很乖，体态轻盈，毛又细软，但是她就没有明白表示要长期收养它的意思。我也没有明白表示我要改变不许它进门的初衷。事实逐步演变，它已成了我们家庭的一员。菁清奉献刷毛、挖耳、剪指甲全套服务，还不时地把它抱在怀里亲了又亲。我每星期上市场买鱼也由七斤变为十斤。煮鱼摘刺喂食的时候，也由准备两盘改为三盘。

“米已熟了，只欠一筛。”最后菁清画龙点睛似的提出了一个话题，“这猫已不像是一只野猫了，似不可再把它当作街头浪子，也不再是小叫花子，我们把‘小花子’的名字里的‘子’字取消，就叫它‘小花’吧。”

我说“好吧”。从此名正言顺，小花子成了小花。我担心的是以后是否还有二花、三花闻风而至。

黑猫公主

白猫王子今年四岁，胖嘟嘟的，体重在十斤以上，我抱它上下楼两臂觉得很吃力，它吃饱伸直了躯体侧卧在地板上足足两尺开外（尾巴不在内）。没想到四年的工夫它有这样长足的进展。高信疆、柯元馨伉俪来，说它不像是猫，简直是一头小豹子。按照猫的寿命年龄，四岁相当于我们人类弱冠之年，也许不会再长多少了吧？

白猫王子饱食终日，吃饱了洗脸，洗完脸倒头大睡。家里没有老鼠可抓，它无用武之地。凭它的嗅觉，它不放过一只蟑螂，见了蟑螂它就紧迫追踪，又想抓又害怕，等到菁清举起苍蝇拍子打蟑螂时，它又怕殃及池鱼藏到一个角落里去了。我们晚间外出应酬，先把它的晚餐备好，鲜鱼一钵，清汤一盂，然后给它盖上一床被毯，或是给它搭一个蒙古包似的帐篷。等我们回家的时候，它依然蜷卧原处。它的那床被毯颇适合它的身材。菁清在一个专卖儿童用品的货柜上选购那被毯的时候，精挑细选，不是嫌大就是嫌小，店员不耐烦地问：“几岁了？”菁清说：“三岁多。”店员说：“不对，不对，三岁这个太小了。”菁清说：“是猫。”店员愣住了，她没卖过猫被。陆放翁《赠粉鼻》诗有句：“问渠何似朱门里，日饱鱼餐睡锦茵。”寒舍不比朱门，但是鱼餐锦茵却是具备了。

白猫王子足不出户，但在江湖上已薄有小名。修漏的工人、油漆的工人、送货的工人，看见猫蹲在门口，时常指着它问：“是白猫王子吧？”我说是，他就仔细端详一番，夸奖几句，猫并不理会，大摇大摆而去。猫若是人，应该说声谢谢。这只猫没有闲事挂心头，应该算是幸福的，只是没有同类的伴侣，形单影只，怕不免寂寞之感。菁清有一晚买来一只泰国猫，一身棕色毛，小脸乌黑，跳跳蹦蹦十分活跃，菁清唤它作“小太妹”。白猫王子也许是以为非我族类其心必异，相处似不投机，双方都常呜呜地吼，做蓄势待发状。虽然是两个恰恰好，双份的供养还是使人不胜负荷。我取得菁清同意，决计把“小太妹”举以赠人。陈秀英的女儿乐滢爱猫如命，遂给她带走了。白猫王子一直是孤家寡人一个。

有一天我们居住的大厦门前有两只小猫光临，一白一黑，盘旋不去，瘦骨嶙峋，蓬首垢面，不知是谁家的遗弃。夜寒风峭，十分可怜。菁清又动了恻隐之心。“我们给抱上来吧？”我说不，家里多两只猫，将要喧宾夺主。菁清一声不响端着白猫王子吃剩的鱼加上一点米饭送到楼下去了。两只猫如饿虎扑食，一霎间风卷残雪，她顾而乐之。于是由一天送鱼一次，而二次，而三次，而且抽暇给两只猫用干粉洁身。我不由自主地也加入了送猫饭的行列。人住十二层楼上，猫在道边门口，势难长久。其中黑的一只，两只大蓝眼睛，白胡须，两排白牙，特别讨人欢喜。好不容易我们给黑猫找到了可以信赖的归宿。我们认识的廖先生，他和他一家人都爱猫，于是菁清把黑猫装在提笼里交由廖先生携去。事后菁清打了两次电话，知道黑猫情况良好，也就放心了。只剩下一只白猫独自卧在门口。看样子它很忧郁，突然失去伴侣当然寂寞。

事有凑巧，不知从哪里又来了一只小黑猫。这只小黑猫大概出生有六个月，看牙齿就可以知道。除了浑身漆黑之外，四爪雪白，胸前还有一块白斑，据说这种猫名为“踏雪寻梅”，还蛮有名堂的。又有人说，本地有些人认为黑猫不吉利。在外国倒是有此一说，以为黑猫越途，不吉。埃德加·爱伦·坡有一篇恐怖小说，题名就是《黑猫》，这篇小说我没读过，不知黑猫在里面扮的是什么角色。无论如何白猫又有了伴侣，我们楼上楼下一天三次照旧喂两只猫，如是者约两个星期。

有一夜晚，菁清面色凝重地对我说：“楼下出事了！”我问何事惊慌，她说据告白猫被汽车轧死了。生死事大，命在须臾，一切有情莫不如此，但是这只白猫刚刚吃饱几天，刚刚洗过一两次，刚刚失去一黑猫又得到一黑猫为伴，却没来由地粉身碎骨死在车轮之下！我半晌无语，喉头好像有哽结的感觉。缘尽于此，没有说的。菁清又徐徐地说：“事已至此，我别无选择，把小猫抱上来了。”好像是若不立刻抱上来，也会被车碾死。在这情形之下，我也不能反对了。

“猫在哪里？”

“在我的浴室里。”

我走进去一看，黑暗的角落里两只黄色的亮晶晶的眼睛在闪亮，再走近看，白须、白下巴颏儿、白爪子，都显露出来了。先喂一钵鱼，给它压压惊。我们决定暂时把它关在一间浴室里，驯服它的野性，择吉再令它和白猫王子见面。菁清问我：“给它起个什么名字呢？”我想不出。她说：“就叫黑猫公主吧。”

黑猫公主的个性相当泼辣，也相当灵活，头一天夜晚它就钻到藏化妆品的小柜橱里。凡是有柜门的地方它都不放过。我说这样淘气可不行，家里瓶瓶罐罐的东西不少，哪禁得它横冲直撞？菁清就说：“你忘了？白猫王子初来我们家不也是这样吗？”她的意思是，慢慢管教，树大自直。要使这黑猫长久居留，菁清有进一步的措施，给公主做体格检查。兽医辜泰堂先生业务极忙，难得有空出来门诊，可是他竟然肯来。在他检查之下，证明黑猫公主一切正常，临行时给它打了两针预防霍乱之类的药剂。事情发展到此，黑猫公主的户籍就算暂时确定了。它与白猫王子以后是否能够相处得如鱼得水，且待查看再说。

白猫王子九岁

有人问我为什么喜爱猫，我一时答不上来。我们喜爱一件事物，往往不是先有一套理由，然后去爱，即使不是没有理由，也往往是不自觉其理由之所在。不过经人问起，就不免要想出一些理由来支持自己的行为。总不能以“本能”二字来推托得一干二净。

我是爱猫的，凡是小动物大抵都可爱。小就可爱。小鸟依人，自然楚楚可怜，“一飞冲天鸣则惊人”的大鸟，令人叹赏，并不可爱。赢得无数儿童喜爱的大象林旺，恐怕谁也不想领它回家朝夕与共。小也有小的限度，如果小得像赵飞燕之能做掌上舞，那个掌恐怕也不是寻常的掌。不过一般而论，娇小玲珑总胜似高头大马。猫，体态轻盈，不大不小，不像一只白象，也不像一只老鼠，它可以和人共处一室之内，它可以睡在椅上，趴在桌上，偎在人的怀里，枕在人的腿上。你可以抱它、摸它、搔它、拍它；它不咬人，也不叫唤，只是喉咙里呜噜呜噜地作响。叫春的声音是不太好听，究竟是有季节性的，并不一年到头随时随刻“关关雎鸠”。猫有一身温柔泽润的毛，像是不分寒暑永远披在身上的一件皮袍，摸上去又软又滑，就像摸什么人身上穿的一件貂裘似的。

白猫王子初来我家，身不盈尺，栗栗危惧，趴在沙发底下不敢出来，如今长得大腹便便，夷然自若，周旋于宾客之间。时间过得真快，猫犹如此，人何以堪？它现在是有一点老态。据我看，它的健身运动除了睡醒弓身做骆驼状之外，就是认定沙发的几个角柱狠命地抓挠、磨它的爪子，日久天长，把沙发套抓得稀巴烂，把里面的沙发面也抓得稀巴烂，露出了里面装的败絮之类。不捉老鼠，磨爪做啥？也许这就是它的运动。有的人家知道猫的本性难移，索性在它磨砺以须的地方挂上一块皮子。我家没有此项装备，由它去抓。猫一生能抓破几套沙发？

日本人好像很爱猫，去年一部电影《子猫物语》掀起一阵爱猫风潮之后，银座一家百货公司举行“世界猫展”。不消说，埃及猫、南美猫、波斯猫、日本猫全登场了。最有趣的是，不知是过度的自尊感还是自卑感在作祟，硬把日本猫推为第一，并且名之为“日本第一”。我看它的那副尊容，长毛大眼，短腿小耳，怕不是什么纯种。不过我也承认那只猫确实很好看。白猫王子不以色事人，我也不会要它抛头露面地参加展览。它只是一只地地道道的台湾土猫。老早有人批评，说它头太小、体太大，不成比例。我也承认它没有什么三围可夸。它没有波斯猫的毛长，也没有泰国猫的毛细。但是它伴我这样久，我爱它，虽世界第一的名猫不易也。

今天是白猫王子九岁生日，循例为文祝它长寿。

美国去来

一个走马观花的人没有资格写游记或是发表什么观感，何况我这一次到美国，来去匆匆，有甚于走马观花者。小学生到郊外踏青，归来之后奉老师之命一定要写一篇《远足记》。我未出去之前，编者先生就约定要我回来之后写一点东西，所以不得不妄谈所见，敷衍成篇，以免于交白卷。

三十几年前我到美国去过一次，去做学生，用的是美国退还的庚子赔款，当时虽然年纪小，心里还是老大地不是滋味。这一回旧地重游，心情当然不同。在美国，那时候我们经常被称为来自台湾的人，事实上我们当时是来自台湾，人家给我们的称呼没有错，也不一定是含有恶意，可是心里颇不好受。在自己家里，可以关起门来做皇帝，出去走走，便可以使自己的头脑清醒一下，认识一下自己的真正面目。夜郎王问汉使：

“汉与我孰大？”传为笑柄。所不同者是我们本非夜郎，而有时竟比夜郎王更为可哂！让海外的冷风一吹，其不矍然以惊者几稀！

美国人的种族歧视是他们的最大的污点。从前我曾亲身领教过，至今不敢忘。这一次我发觉情形比从前进步很多。虽然小岩事件至今未决，虽然我们的总领事在漂亮的住宅区购买房屋而遭邻人反对，但一般的情形较比从前好些。至今是有知识的白人之能记起他们的立国理想者，为数渐多。由肤色而引起的差别和歧视，短期间是无法泯灭的，可喜的现象是有知识有教养的白人大概都肯谈这个问题，敢面对现实，愿意谋求补救之道。这就有希望。

美国的繁荣，尽人皆知，三十年来的进步，亦历历可数。最显而易见的是楼加高了，从前的摩天大厦比新茁生的建筑矮了半截。圆形的，八角形的，锥状的，喇叭状的，平顶的，波浪形屋檐的，玻璃墙壁的，形形色色的摩登建筑出人不意地显露在各种场合。马路加宽了，四线式的公路到处皆是，两层花瓣形的平交道使得车辆免于横冲直撞而各行其是，汽车多到无处停放的程度，到城区购物先要老远地就解决停车的问题，找到停车的地方要付费，逾时要罚钱。车的形状颜色争奇斗妍，有尾鳍翘得高高的，有做硬甲壳虫状的，有的大得像一节火车，有的小得只有三个轮子，翠绿的、绛紫的、枣红的、淡青的……一串串地在眼前穿梭似的驶过。热闹尽管热闹，但是有秩序。美国人的“开车的礼貌”是很值得欣赏的，红绿灯的管制同不必说，没有红绿灯的地方只稍竖起一面“停”的牌子，汽车便乖乖地停住，看清楚前后左右确是没有妨碍方才前进。车躲避行人，不是行人躲避车。美国的“市虎”好像是非常驯服的，不大吃人。此外如吃的、穿的、用的，到处都显示出富足、新颖、豪华，到处都有可供欣赏的橱窗。那“超级市场”是可爱的，里面干净、凉快、任凭取购，方便无比（扒窃之事偶然也有，但是不多）。

繁荣不是从天上掉下来的，也不是一两人领导起来的，是在一个环境里，一个传统中，一种风气下，大家辛苦努力获得的。要保持并发扬这种繁荣，需要继续辛苦努力。美国得天独厚，可是他们的辛苦努力，男男女女，上上下下，认真做事，也是很感动人的。美国的繁荣是普遍的，每一种享受差不多是被所有的人所有的家庭所分享，并没有一个显明的特权阶级骑在人民的脖子上养尊处优。一个人努一分力，便赚一分钱，便有一分享受。因此每个人都在忙，忙着赚钱，忙着享受。一个人的成功与否，以赚钱多寡为衡量的标准，有一栋漂亮的房子、一辆漂亮的汽车、一件漂亮的皮大衣，便是成功的标志。忙是美国人的特征，因为时间即是金钱，甚至可以说时间即是生命。美国人也知道他们的生活太紧张，所以“度周末”是他们生活中不可少的一个节目，不过从我们“闲磕牙”“摸八圈”“一局消永昼”的民族来看，他们的度周末也还是够紧张的。我在海滨闲步，看见一辆汽车载着一家人去野餐，小孩满地打滚、掷棒球，女人忙着做饭，男人手持一柄钢叉背着氧气筒扑通一声下海去捕鱼！夙兴夜寐，计较得失，如果与大自然完全绝缘，那种生活是太可怜了，美国人之喜爱旅行野餐，恰好多少补救了一星期孜孜为利的琐屑的生涯。

我们中国人对于勤俭起家的故事常常津津乐道。事实上美国人之在事业上成功而由于勤俭者亦颇不乏其例。但是就一般美国人讲，勤是公认的一项美德，俭则颇有问题。自奉而俭，在美国人看起来，好像是显得寒碜。“追求幸福”是美国独立宣言所标榜的一项生活目标。物质方面的享受是幸福的很大的一部分。享受要尽量地使之提前实现，苦痛要尽量地使之延缓，这是美国作风。所以，商业上的“分期付款制”乃应运而生。这种制度，不可小看它，实乃是美国生活方式的一大基石。分期付款即是欠账，美国人并不以欠账为可耻，只要他如期还账。在美国，几乎没有一样较为值钱的东西不可以分期付款。买飞机票出国旅行，亦可分二十个月付款，其他无论矣。收入较少的人，不必先行省吃俭用地苦苦积蓄，即可提前享受种种便利。当然，这种制度之普遍通行亦有其客观条件在，诸如社会安宁、币值稳定、相当高的国民道德水准等。

敏感的人看了美国的繁荣便不禁忆起古代的罗马。罗马鼎盛的时候，上层阶级真是席丰履厚，在历史上称之为骄奢淫逸，但是平心而论，尼罗皇帝才能举着啃嚼的鸡腿在美国是比较便宜的平民食物，罗马剧场中之风靡一时的赛车比起美国之足球、棒球比赛又当如何？罗马的公共浴池是出了名的，比起美国式的家庭浴室设备又如何？在奢侈上美国老早超过了罗马。罗马的繁荣经不起北方人的一击，如摧枯拉朽一般地衰亡了。美国的文明能持久吗？其将来将若何？有心人居安思危，不能不发出这样的疑问。据我看，美国和罗马颇有不同。罗马有显明的阶级存在，上层是贵族，下层是平民、奴隶，而美国是民主的，并无明显的阶级，更无贫富悬殊的现象。美国的生活方式是普遍的，是标准化的，一个家庭和另一个家庭差不多，一个城市和另一个城市也差不多。美国文明是平均发展的，所以比较健全。共产主义之所以不易在美国滋长者亦以此。据我看，美国之大患在于孤立主义，在地理上有两样使她天然地成为孤立，美国生活方式之美满成功使她在心理上沾沾自喜，唯恐或失，于是养成一种持盈保泰的孤立主义。虽然美国有许多人摒弃孤立主义，事实上孤立主义的幽灵始终在他们心里作祟。泛美主义、美洲门罗主义，都是孤立主义者把围墙往外伸展一步的表现，现在广建海外军事基地围堵共产世界依然是扩大的孤立主义的措施。在经济开发落后的地区给以援助使之发展起来，乃是缓不济急的，于是仍不得不乞灵于建筑围墙的老办法。殊不知围墙是要被人冲破的，防不胜防。伊拉克是一个漏洞，叙利亚是一个漏洞，古巴是一个更大的漏洞。美国之大患不在国内，而在国外。国外的问题不解决，美国没有安全可言。美国有强大的军力，庞大的经济力量，健全的社会组织，比罗马强得多，但是她是在等着挨打，等着被人破坏，等着被牵入战争旋涡后以核武器而同归于尽！有钱的怕死，穿鞋的怕光脚的！奈何！奈何！

在美国草草巡游一番，感慨万千，一面惊叹其各方面之长足进展，一面又不禁为其前途深抱隐忧。但是最萦心的还是我们自己的祖国的前途。美国的休戚，与我们息息相关，可是我们自己的国家才是我们自己安身立命之处。于是摒挡行装，赶快回来。忆起昔人一首小诗："花开蝶满枝，花谢蝶还稀。惟有旧巢燕，主人贫亦归。"

尼亚加拉瀑布

尼亚加拉瀑布是我的旧游之地，那是在一九二四年夏，同游者闻一多早已下世。瀑布风光常在我想象之中。美国人称尼亚加拉瀑布为“度蜜月者的天堂”。度蜜月者最理想的地方应该是一个山明水秀而又远离尘嚣的地方。像尼亚加拉瀑布游人如蚁昼夜喧豗的地方，如何能让一对度蜜月者充分地全神贯注地彼此互相享受呢？这也许是西方人的看法，而度蜜月本是西方的产物。不过瀑布本身确是十分动人的。我们到水牛城，立即驰往尼亚加拉瀑布（市镇名），傍晚在一家汽车旅馆住下。我上次来，一下火车站就听到隔壁澎湃的声音，如今旧地重游，夜阑人静，一点声音也听不到，是瀑布上的槛岩年年崩落减小了水势，还是我的耳朵渐聋以至于充耳不闻？任何名胜，游览一次有一次的情趣，再游便另是一种风光。

翌晨，旅馆特备小型游览汽车专为我们使用一天，导游兼任司机，取费甚廉，仅八元。这位蓄小胡子的导游可是一个人才，不但口若悬河，一路没有停嘴，而且下车之后他倒退着走路，面对着我们指手画脚地不惮其烦地详为解说一切，走到山羊岛上的时候，我生怕他一不当心仰跌到急湍里去。山羊岛上曲折有致，忽然看到树丛里有野兔出没，君达、君迈乐不可支，和野兔追逐起来。据导游说，兔子是买来放在这里的，借以增加野趣，就像城市公园草地上的鸽子、松鼠一样供人观赏。随后我们就驱车过桥，进入加拿大境内，观看美国瀑的正面，同时观看加拿大境内的更壮观的马蹄瀑。观瀑一定要到加拿大才能看得一清二楚。这里有一座比较高的瞭望塔，塔的正面悬一巨像，乃是加拿大著名的骑警队员的画像，在这观光胜地悬挂警察画像用意何在殊难索解。塔的形状颇似西雅图的太空针，而高度不及。我们买票登塔，遥望两个瀑布有如湍濑。看完瀑布区便乘车沿尼亚加拉河东行，参观了一所公园，还有一所规模相当大的园艺学院，都宽阔整洁。而隔河看美国的一边，则只见烟囱林立，黑烟漫空，凌乱的棚舍逸通数十里，丑恶之态使这名胜之地蒙羞。从前英国工业化之后罗斯金（Ruskin）为保存风景曾呼吁开筑铁路要审慎处理，实在不无见地。工业区的建立与风景区的保存是可以并行不悖的。

我们匆匆走玩一天，兴尽而返，而导游仍然兴致勃勃，絮聒不休。士耀在车里抬头一看，见一告白："君如认此导游之服务为不能令人满意，则可不必惠给小费。"我们相顾而笑。下车时士耀付小费五元，导游雀跃而去。

回到旅舍，我们觉得瀑布还值得再看一次，决定明天搬到加境的一家旅馆再住一夜。这一天没有导游聒噪，反倒觉得自由了。最有趣的是坐缆车下峡谷，乘“雾中女郎”号汽船驶近马蹄瀑。每个游客都穿上长长厚厚的雨衣，罩上雨帽，等汽艇逼近瀑布的时候，但听得隆隆水响，继而滂濞沆溉，大水自上崩注而下，有电骛雷骇之势。俄而大风起处，雾雨咸集，每个人都兜头灌顶，浑身尽湿。入夜，瀑布下彩色电灯放出强光，照得五颜六色，有人认为绚烂壮丽，其实恶俗不堪。这也许是我们看惯了水墨山水画，一着色反觉不雅。

尼亚加拉瀑布实在不高，马蹄瀑只有一百五十八英尺高、两千九百五十英尺阔，美国瀑一百六十七英尺高、约一千四百英尺阔。阔得可观，高则不足道。但是每分钟有五十万吨水倾注而下，不能不算是一大奇观。飞瀑流泉，世界上何处无之？但以言声势之壮，则无出此右者。

盆　景

我小时候，看见我父亲书桌上添了一个盆景，我非常喜爱。是一盆文竹，栽在一个细高的方形白瓷盆里；似竹非竹，细叶嫩枝，而不失其挺然高举之致。凡物小巧则可爱。修篁成林，蔽不见天，同然幽雅宜人，而盆盎之间绿竹猗猗，则亦未尝不惹人怜。文竹属百合科，当时在北方尚不多见。

我父亲为了培护他这个盆景，费了大事。先是给它配上一个不大不小的硬木架子，安置在临窗的书桌右角，高高地傲视着居中的砚田。按时浇水，自不待言，苦的是它需阳光照晒，晨间阳光晒进窗来，便要移盆就光，让它享受那片刻的煦暖。若是搬到院里，时间过久则又不胜骄阳的肆虐。每隔一两年要翻换肥土，以利新根。败枝枯叶亦须修剪。听人指点，用笔管戳土成穴，灌以稀释的芝麻酱汤，则新芽茁发，其势甚猛。

有一年果然抽芽蹿长，长至数尺而意犹未尽，乃用细绳吊系之，使缘窗匍行，如篱萝然。

此一盆景陪伴先君二三十年，依然无恙。后来移我书斋之内，仍能保持常态，在我凭几写作之时，为我增加情趣不少。嗣抗战军兴，家中乏人照料，冬日书斋无火，文竹终于僵冻而死。丧乱之中，人亦难保，遑论盆景！然我心中至今戚戚。

这一盆文竹乃购自日商。日本人好像很精于此道。所制盆栽，率皆枝条掩映，俯仰多姿。尤其是盆栽的松柏之属，能将文理盘错的千寻之树，缩收于不盈咫尺的缶盆之间，可谓巧夺天工。其实盆栽之术，源自我国，日人善于模仿，巧于推销，百年来盆栽遂亦为西方人士所嗜爱。bonsai一语实乃中文“盆栽”二字之音译。

据说盆景始于汉唐，盛于两宋。明朝吴县人王鏊作《姑苏志》有云：“虎邱人善于盆中植奇花异卉，盘松古梅，置之几案，清雅可爱，谓之盆景。”当时姑苏不仅擅园林之美，且以盆景之制作驰誉于一时。刘銮《五石瓠》：“今人以盆盎间树石为玩，长者屈而短之，大者削而约之，或肤寸而结果实，或咫尺而蓄虫鱼，概称盆景，元人谓之些子景。”些子大概是元人语，细小之意。

我多年来漂泊四方，所见盆景亦夥，南北各地无处无之，而技艺之精则均与时俱进。见有松柏盆景，或根株暴露，做龙爪攫拿之状，名曰“露根”。或斜出倒挂于盆口之外，挺秀多姿，俨然如黄山之“蒲团”“黑虎”，名曰“悬崖”。或一株直立，或左右并生，无不于刚劲挺拔之中展露搔首弄姿之态。甚至有在浅钵之中植以枫林者，一二十株枫树集成丛林之状，居然叶红似火，一片霜林气象。种种盆景，无奇不有，纳须弥于芥子，取法乎自然。作为案头清供，诚为无上妙品。近年有人以盆景为专业，有时且公开展览，琳琅满目，洋洋大观。盆景之培养，需要经年累月，悉心经营，有时甚至经数十年之辛苦调护方能有成。或谓有历千百年之盆景古木，价值连城，是则殆不可考，非我所知。

盆景之妙虽尚自然，然其制作全赖人工。就艺术观点而言，艺术本为模仿自然。例如图画中之山水，尺幅而有千里之势。杜甫望岳，层云荡胸，飞鸟入目，也是穷目之所极而收之于笔下。盆景似亦若是，唯表现之方法不同。黄山之松，何以有那样的虬蟠之态？那并不是自然的生态。山势确荦，峭崖多隙，松生其间，又复终年的烟霞翳薄，夙雨飕飕，当然枝柯虬曲，甚至倒悬，欲直而不可得。原非自然生态之松，乃成为自然景色之一部。画家喜其奇，走笔写松遂常作龙蟠虬曲之势。制盆景者师其意，纳小松于盆中，培以最少量之肥，使之滋长而不过盛，芟之剪之，使其根部坐大，又用铅铁丝缚绕其枝干，使之弯曲作态而无法伸展自如。

艺术与自然本是相对的名词。凡是艺术皆是人为的。西谚有云：Ars estcelare artem（真艺术不露人为的痕迹），犹如吾人所谓“无斧凿痕”。我看过一些盆景，铅铁丝尚未除去，好像是五花大绑，即或已经解除，树皮上也难免有皮开肉绽的疤痕。这样的艺术制作，对于植物近似戕害生机的桎梏。我常在欣赏盆景的时候，联想到在游艺场中看到的一个患侏儒症的人，穿戴齐整地出现在观众面前，博大家一笑。又联想到从前妇女的缠足，缠得趾骨弯折，以成为三寸金莲，做摇曳婀娜之态！

我读龚定庵《病梅馆记》，深有所感。他以为一盆盆的梅花都是匠人折磨成的病梅，用人工方法造成的那副弯曲佝偻之状乃是病态，于是他解其束缚，脱其桎梏，任其无拘无束地自然生长，名其斋为病梅馆。龚氏之文，常在我心中出现，令我憬然有悟，知万物皆宜顺其自然。盆景，是艺术，而非自然。我于欣赏之余，真想效龚氏之所为，去其盆盎，移之于大地，解其缠缚，任其自然生长。

雷

“风来喽，雨来喽，和尚背着鼓来喽。”这是在我们家乡常听到的一个童谣，平常是在风雨欲来的时候唱的。那个“鼓”就是雷的意思吧。我小的时候就很怕雷，对于这个童谣也就觉得颇有一点恐惧的意味。雨是我所欢迎的，我喜欢那狂暴的骤雨，雨后院里的积水，雨后吹胰子泡，雨后吃咸豌豆，但是雷就令我困扰。隐隐地远雷还无伤大雅，怕的是那霹雷，咔嚓一声，不由得不心跳。

我小时候怕雷的缘故有二。一个是老早就灌输进来的迷信思想。有人告诉我说，雷有两种，看那雷声之前的电闪就可以知道，如是红的，那便是殛妖精的，如是白的，那便是殛人的。因此，每逢看见电火是白色的时候，心里就害怕。殛妖精与我无关，我知道我不是妖精，但是殛人则我亦可能有份。而且据说有许多项罪过都是要天打雷劈的，不孝父母固不必说，琐细的事如遗落米粒在地上也可能难逃天诛的。被雷打的人，据说是被雷公（尖嘴猴腮的模样）一把揪到庭院里，双膝跪落，背上还要烧出一行黑字，写明罪状。我吃饭时有无米粒落地，我是一点把握也没有的。所以每逢电火在头上盘旋，心里就打鼓，极力反省吾身，希望未曾有干天怒。第二个怕雷的缘故是由于一点粗浅的科学常识。从小学课本里知道雷与电闪是一件东西，是阴阳电在天空中两朵云里吸引而中和，如果笔直地从天空戳到地面便要打死触着它的人或畜。不要立在大树下。这比迷信的说法还可怕。因为雷公究竟不是瞎眼的，而电火则并无选择，谁碰上谁倒霉。因此一遇雷雨，便觉得坐立不安，无所逃于天地之间。后院就有一棵大榆树，说不定我就许受连累。我头痒都不敢抓，怕摩擦生电而与雷电接连！年事稍长，对于雷电也就司空见惯，而且心想这么多次打雷都没有打死我，以后也许不会打死我了。所以胆就渐壮起来，听到霹雳，顶多打个冷战，看见电闪来得急猛，顶多用手掌按住耳朵，为保护耳膜起见张开大嘴而已。像小时候想在脑袋顶上装置避雷针的幼稚念头，是不再有的了。

可是我到了四川，可真开了眼，才见到大规模的雷电。这地方的雷比别处的响，也许是山谷回音的缘故，也许是住的地方太高太旷的缘故，打起雷来如连珠炮一般，接连地围着你的房子转，窗户玻璃（假如有的话）都震得响颤，再加上风狂雨骤，雷闪一阵阵地照如白昼，令人无法安心睡觉。有一位胆小的太太，吓得穿上了她丈夫的两只胶鞋，立在屋中央，据说是因为胶鞋不传电。上床的时候，她给四只床腿穿上了四只胶鞋，两只手还要牵着两个女用人，这才稍觉安心。我虽觉得她太胆小了一点，但是我很同情她，因为我自己也是很被那些响雷所困扰的。我现在想起四川的雷，还心有余悸。

我读到《读者文摘》上一篇专谈雷的文章，恐怖的心情为之减却不少。他说：“你不用怕，一个人被雷打死的机会是极少的，比中头彩还难，那机会大概是一百万分之一都还不到。”我觉得有理。我彩票买过多少回，从没有中过头彩，对于倒霉的事焉见得就那么好运气呢？他还有一个更有力的安慰，他说：“雷和电闪既是一件东西，那么在你看见电火一闪的时候，问题便已经完全解决，该中和的早已中和了，该劈的早也就劈了，剩下来的雷声随后被你听见，并不能为害。如果你中头彩，雷电直落在你的脑瓜顶上，你根本就来不及看见那电闪，更来不及听那一声雷响，所以，你怕什么？”这话说得很有理。电光一闪，一切完事，那声音响就让它响去好了。如果电闪和雷声之间的距离有一两秒钟，那足可证明危险地区离你还有百八十里地，大可安心。万一，万一，一个雷霆正好打在头上，那也只好由它了。

话虽如此，有两点我仍未能释然。第一，那咔嚓的一声我还是怵。过年的时候顽皮的小孩子燃起一个小爆仗往我脚下一丢，我也要吓一跳。我自己放烟火，“太平花”还可以放着玩玩，“大麻雷子”我可不敢点，那一声响我受不了。我是觉得，凡是大声音都可怕，如果来得急猛则更可怕。原始的民族看见雷电总以为是天神发怒，虽说是迷信，其实那心情不难了解。猛不丁地天地间发生那样的巨响，如何能不惊怪？第二，被雷殛是最倒霉的死法。有一次报上登着，夫妻睡在床上，双双被雷劈了。

于是人们纷纷议论，都说这两个人没干好事。假使一个人走在街上被汽车撞死，一般人总会寄予同情，认为这是意外横祸，对于死者之所以致死必不再多作捉摸，唯独对于一个被雷殛的人，大家总怀疑他生前的行为必定有点暧昧，死是小事，身死而为天下笑，这未免太冤了。

火

忽然听得人声鼎沸，门外有跑步声。如果我有六朝人风度，应该充耳不闻，若无其事，这才显得悠闲高旷，管宁、华歆割席的故事我们不该忘怀。但我究竟未能免俗，“风声鹤唳草木皆兵”，这些年来离乱的经验太多，听见一点声响就悚然而惊，何况是嘈杂的人声发于肘腋，焉能不矍然而作，一探究竟呢？

走到户外，只见西南方一股黑烟矗立在半天空，烧烤的味道扑鼻而来，很显然的，是什么地方失火了。

我打开街门，啊，好汹涌的一股人流！其中有穿长袍的，有短打的，有趿着拖鞋的，有抱着吃奶的孩子的，有扶着拐杖的，有的是呼朋引友，有的是全家出发，七姑姑八姨姨，扶老携弱，有说有笑地向着一个方向疾行。

我随波逐流地到了巷口。火势果然不小。火舌从窗口伸出来舐墙，一团团的火球往天空迸射，一阵阵的白烟间杂着黑烟，烟灰被风吹着像是香灰似的扑簌而下。

街上挤满了人，黑压压一片，凡是火的热气烤不着的地方都站满了人，人从四面八方赶了过来。有一家茶叶铺搬出好几条板凳，招待亲友，立刻就挤满了，像兔儿爷摊子似的，高高的，不妨视线，得看。

有一位太性急的观客，踩了一位女客的脚，开始“国骂”。这是插曲，并不被人注意。

有一个半大的小子爬上树了，得意地锐叫起来，很多的孩子都不免羡慕。

邻近的屋顶上也出现了人，有人骑在屋脊上。

火场里有人往外抢东西，我只见一床床的被褥都堆在马路边上了。箱笼、木盆、席子、热水壶……杂然并陈。

一面是表演，一面是观众，壁垒森严。观众是在欣赏，在喝彩。观众当然不能参加表演。

一阵哗唧哗唧的响声，消防队来了，血红的车，晶亮的铜帽，崭新的制服，高筒的皮靴，观众看着很满意，认为行头不错。

皮带照例是要漏水的。横亘在马路上的一截皮带，就有好几处喷泉，喷得有丈把高。路上是一片汪洋。

水像银蛇似的往火里钻，嗞嗞地响。倏时间没有黑烟了，只剩了白烟，又像是云雾。看样子，烧了没有几间房。

“走吧！没有什么了。”有人说。

老远的还有人跑来，直抱怨，跑一身大汗，没看见什么，好像是应该单为他再烧几间房子才好。

观众渐渐散了，像是戏园子刚散戏。

四　君　子

梅、兰、竹、菊，号称花中四君子，其说始于何时、创自何人，我不大清楚。集雅斋梅、竹、兰、菊四谱，小引云："文房清供，独取梅、竹、兰、菊四君者，无他，则以其幽芬逸致，偏能涤人之秽肠而澄莹其神骨。"四君子风骨清高固无论已，但是初学花卉者总是由此入手，记得幼时模拟《芥子园画谱》就是面对几页梅、兰、竹、菊而依样画葫芦，盖取其格局笔路比较简单明了容易下笔。其中有多少幽芬逸致，彼时尚难领略。最初是画梅，我根本不曾见过梅花树，细枝粗杆，勾花点蕊，辄沾沾自喜，以为暗香疏影亦不过如是，直到有一位朋友给我当头一棒："吾家之犬，亦优为之。"从此再也不敢动笔。兰花在北方是少见的，我年轻时只见过一次，那是有人从福建"捧"到北方来的一盆素心兰，放在女主人屋角一只细高的硬木架上，居然抽茎放蕊，听说有幽香盈室（我闻不到），我只看到乱蓬蓬的像是一丛野草。竹子倒不大稀罕，不过像林处士所谓“竹树绕吾庐，清深趣有余”，对我而言一直是想象中的境界。所以竹雨是什么样子，竹香是什么味道，竹笑是什么神情，我都不大了解。有人说：“喜写兰，怒写竹。”这话当然有道理，但我有喜怒却没有这种起升华作用的才干。至于菊，直是满坑满谷，何处无之，难得在东篱下遇见它而已。近日来艺菊者往往过分溺爱，大量催肥，结果是每个枝头顶着一个大馒头，帘卷西风，花比人痴胖！这时候，谁还要为它写生？

我年事渐长，慢慢懂了一点道理，四君子并非浪博虚名，确是各自有它的特色。梅，剪雪裁冰，一身傲骨；兰，空谷幽香，孤芳自赏；竹，筛风弄月，潇洒一生；菊，凌霜自得，不趋炎热。合而观之，有一共同点，都是清华其外，淡泊其中，不做媚世之态。画，不是纯技术的表现，画的里面有韵味，画的背后有个人。画家的胸襟风度不可避免地会流露在画面之上。我尝以为，唯有君子才能画四君子，才能恰如其分地表达出四君子的风骨。艺术，永远是人性的表现。唯有品格高超的人才能画出趣味高超的画。

刘延涛先生的《四君子图》，我认为实在是近年来罕见的精品，是四幅水墨画，不但画好，诗书也配合得好，看得出来是趁墨汁未干时就蘸着余墨题诗，一气呵成，墨色匀称。诗、书、画，浑然成为一体。四君子加上画家，应该是五君子了。画成于一九六三年、一九六四年间，我最初记得是在七友画展中见到的，印象极深。如今张在壁上，我乃能朝夕相对，令人翛然心远，俗虑顿消。画的题识是这样的：

最是傲霜菊亦残，更无雁字报平安，
少年意气消沉尽，自写梅花共岁寒。

故园清芬久寂寞，滋兰九畹不为多，
殷勤护得灵根旧，我欲飞投向汨罗。

高节临风夏亦寒，虚心阅世始能安，
于今渐悟修身法，日日砚前种万竿。

篱下寄居非得计，瓶中供养更堪哀，
何如大野友寒翠，迎接霜风次第开。

树犹如此

奥斯丁的小说*Sense and Sensibility*里面的一个人物爱德华·佛拉尔斯说过这样的一句话："我不喜欢弯曲的、扭卷的、受过摧残的树。如果它们长得又高又直，并且茂盛，我便更能欣赏它们。"我有同感。

在这亚热带的城市里住了二十多年，所看见的树令人觉得愉快的并不太多。椰子树、槟榔树，倒是又高又直，像电线杆子似的，又像是摔头的鸡毛帚，能说是树吗？难得看到像样子的枝叶扶疏的树。有时候驱车经过一段马路看见两排重阳木，相当高大，很是壮观，顿时觉得心中一畅。龙柏、马尾松之类有时在庭园里也能看到，但多少总是罩上了一层晦气，是烟，是灰，是尘？一定要到郊外，像阳明山，才能看见娇翠欲滴的树，总像是刚被雨水洗过的样子。有一次登阿里山，才算是看见了真正健康的树，有茁壮的幼苗，有参天的古木，有腐朽的根株。在规模上和美国华盛顿州奥林匹亚半岛的国家森林公园固不能比，但其原始的蛮荒的气味则殊无二致。稍有遗憾的是，凡大森林都嫌单调，杉就是杉，柏就是柏，没有变化。我们中国人看树，特别喜欢它的姿态，会心处并不在多。《芥子园画谱》教人画树，三株一簇，五株一簇，其中的树叶有圆圈，有个字，也有横点，说不出是什么树，反正是各极其妍。艺术模仿自然，自然也模仿艺术。要不然，我们怎会说某一棵树有画意，可以入画呢？但是树也不一定要虬曲盘结才算是美。事实上，那些横出斜逸的树往往是意外所造成的，或是生在峭壁的罅隙里，或是经年遭受狂风的打击，所以才有那一副不寻常的样子。犹之人也有不幸而跛足驼背者。我们不能说只有畸形残废的才算是美。

盆栽之术，盛行于东瀛，实在是源于我国，江南一带的名园无不有此点缀。《姑苏志》："虎邱人善于盆中植奇花异卉，盘松古梅，置之几案。清雅可爱，谓之盆景。"即使一个古色古香的盆子，种上一丛文竹，放在桌上，时有新条茁长，即很有可观，不要奇花异卉。比瓶中供养或插花之类要自然得多。曾见有人折下两朵红莲，插在一只长颈细腰的霁红瓶里，亭亭玉立，姿态绰约，但是总令人生不快之感，不如任它生长在淤泥之中。美人可爱，但不能像莎乐美似的把头切下来盛在盘子里。盆栽的工人通常用粗硬铁丝把小树的软条捆绕起来，然后弯曲之，使成各种固定的姿态，不仅像是五花大绑，而且是使铁丝逐渐陷入树皮之中的酷刑。树何曾不想挣脱羁绊，但是不得不屈服在暴力之下！而且那低头匍匐的惨状还要展览示众！

凡艺术作品，其尺寸大小自有其合理的限制。佛像的塑造或图画无妨尽量地大，因为其目的本来是要造成一种庄严威慑的气势，不如此，那些善男信女怎么五体投地地膜拜呢？活人则不然。普通人物画总是最多以不超过人之原有的尺寸为度。一个美人的绘像，无论如何不能与庙门口的四大金刚看齐。树和人一样，松柏之类天生高耸参天，若是勉强它局促在一个盆子之内，它也能活，但是它未能尽其天性。我看过一盆号称千年古梅的盆景。确实是很珍贵，很难得，也很有趣，但是我总觉得它像是马戏团的侏儒。

清龚定庵写过一篇文章，题为《病梅馆记》。从前小学教科书国文课本里选过这篇文章，给人的印象很深。他有很多盆梅，都是加过人工的，他于心不忍，一一解其束缚，使能恢复正常之生长，因以“病梅馆”名其居。我手边没有龚定庵的集子，无从查考原文，因看到奥斯丁小说中之一语而联想及之。

画梅小记

余北人，从没有见过梅树，所谓“暗香疏影”“边边篱落”，全是些想象中的境界。过年前后，亲朋馈赠，尝有四盆红梅，或是蜡梅之类，移植在瓷盆里面，放在客厅里作为陈设，看它瘦曲似铁，又如鹭立空汀，冻萼数点，散缀其间，颇饶风趣。但是花谢之后便无可观，自己不善调护，弃置一年之后，即使幸而不死，也甚少生机，偶尔于近根处抽出一两枝气条，生出三五朵细僵的花苞，反觉败兴。所以对于梅花并无多少好感。

后来我读了龚定庵的《病梅馆记》，乃大为感动。这篇古文使我了解什么叫作“自然之美”，什么叫作“自由”。我后来之所以对于“自由”发生强烈的爱慕，对于束缚“自由”的力量怀着甚深的憎恨，大半是受了此文之赐。但是附带着我对于梅花感到兴趣了。盆梅不足以餍我之望，病梅更是令人难过，我憧憬着的乃是庾岭、邓尉。我想看看“江边一树垂垂发”是什么样子。

我遨游江南巴楚之后，有机会看见了梅兄的本色，有带苔藓的丑干老枝，有繁花如簇的香雪海，有的红如口脂，有的白若敷粉，有的是瘦骨嶙峋地斜欹着，有的是杈丫盘空如晴雪塞门，形形色色，各极其妍。但其最足令人妙赏处，乃在一“冷”字。凌厉风霜，不与百花争艳，自有一种孤高幽独的气息。

我不善画，但如《芥子图》之类童时亦曾披阅，“攒三”“聚四”之类亦曾依样葫芦。羁旅无聊，寒窗呵冻，辄为梅兄写真。水墨勾勒，不假丹青，只图抒写胸中逸气，根本谈不到工拙，金冬心《画梅题记》有云：

四月浴佛日清斋毕，在无忧林中画此遣兴，胜与猫儿狗子盘桓也。

“心出家庵僧”，实在朴直得可爱。我每次乘兴画梅，亦正做如此想耳。有一回，我效陆凯、范晔故事，画了一枝梅，题上“江南无所有，聊赠一枝春”之句寄赠友好，复信云：“如此梅花，吾家之犬，亦优为之！”是终不免与猫儿狗子为伍，为之大笑。

一张素纸，由我笔墨驰骋，我想到了“自由”，怎样把枝子画得扶疏掩映，怎样把疏密浓淡画得错落有致，怎样把花朵勾得向背得宜，当然是大费周章，但是在这过程中我意识到了“创造”的酸辛。有人说，画梅花要把那一股芬芳都要画出来才算是尽了画梅的能事，这种说法可就不免玄虚了。华山一泉《画墨梅》题云：

一枝常占百花先，信手挥来淡更妍。

独有清香描不到，几回探在玉堂前。

要想描出梅花的清香，我觉得实在太难了。我只求能写出梅花的孤高，不要臃肿，不要俗艳，就算是不唐突梅花了。

时在严冬，大风凛冽，遥想江南梅树，不知着花也未？

雅人雅事

顶高顶白的一垛山墙，太没有意思，太不雅观，我们最好在上面题一首诗。在山清水秀的风景所在，题诗在壁上尤其是一件不可少的举动。然而这一件雅事只能在我们雅人最多的中国举行。谓余不信，请你环游全球的风景所在，然后再回到我们中国来，比较比较看，什么地方壁上题的诗多。

我说壁上题诗，是雅人雅事。第一，题诗非要诗人不可，这一来我们中国人就占便宜，随便张三李四都可以作两首诗。用心一点的，作出诗来有时平仄还可以调。上海街旁告地状的朋友，哪一位不是诗中圣手？他们能够把衷肠积愫千言万语，都编成七个字一句，七个字一句的，不多不少，整整齐齐，这就不容易。他们既能告地状，便可以告墙状。我们中国诗人之多，似乎也就不难想象了。

第二，题诗要求其历久不灭。于是在工具上不能不讲求，我们中国的笔墨是再好不过。外国人里也有一两个平仄尚调的诗人，但是一管自来水笔如何能在墙上题诗，诗兴来时只得嘴里哼哼两声了事，所以题壁的雅事不能不让我们中国人独步了。还有，题诗要题在高不可攀、深不可探的地方，才能历久不灭。寺殿上的匾额，我们若能爬上去题上一首五言绝句，别人一定不易拂拭磨灭，说不定这首诗就传了下来。山谷间的摹崖，谁也不去损伤它，也是最妙的地方。所以题诗要题得满坑满谷，愈奇特的地方愈妙。然而这攀高寻幽的举动，又非雅人不办。

壁上题诗的雅人，最要紧的是胆大。诗的好坏没有大关系，只要能把墙壁上空白的地方补满，便算功德。据说有一位刻薄的人，游某名胜，看看墙上题诗甚多，皆不称意，于是也援笔立题一绝曰："放屁在高墙，如何墙不倒？细看那边时，原来抵住了！"这位先生一定是缺乏鉴赏文学的力量，才做此怪论。题诗雅人，大可不必理他。

天性不近乎诗的人，想来也不少，但是中国的墙壁的空白还有不少，为雅观起见，非要涂满不可的。很多读书识字的人早就有鉴于此，所以往往不题诗而题尊姓大名，并记来游之年月日。我们游赏名胜的时候，借此可以知道时贤足迹所之，或者也可以增加这名胜地方的历史价值，也未可知。所以壁上题名，间接着也是保存名胜的一点意思。

雅人雅事，不止一端，壁上题诗名，还是一件小事。

纽约的旧书铺

我所看见的在中国号称“大”的图书馆，有的还不如纽约下城十四街的旧书铺。纽约的旧书铺是极引诱人的一种去处，假如我现在想再到纽约去，旧书铺是我所要首先去流连的地方。

有钱的人大半不买书，买书的人大半没有多少钱。旧书铺里可以用最低的价钱买到最好的书。我用三块五角钱买到一部 Jewett 译的《柏拉图全集》，用一块钱买到第三版的《亚里士多德之诗与艺术的学说》，就是最著名的那个 Butcher 的译本——这是我买便宜书之最高的纪录。

罗斯丹的戏剧全集，英文译本，有两大厚本，定价想来是不便宜。有一次我陪着一位朋友去逛旧书铺，在一家看到全集的第一册，在另一家又看到全集的第二册，我们便不动声色地用五角钱买了第一册，又用五角钱买了第二册。用同样的方法我们在三家书铺又拼凑起一部《品内罗戏剧全集》。后来我们又想如法炮制拼凑一部《易卜生全集》，无奈工作太伟大了，没能成功。

别以为买旧书是容易事。第一，你这两条腿就受不了，串过十几家书铺以后，至少也要三四个钟头，则两腿谋革命矣。饿了的时候，十四街有的是卖“热狗”的，腊肠似的鲜红的一条肠子夹在两片面包里，再涂上一些芥末，颇有异味。再看看你两只手，可不得了，至少有一分多厚的灰尘。然后你左手挟着一包，右手提着一包，在地底电车里东冲西撞地踉跄而归。书铺老板比买书的人精明。什么样的书有什么样的行市，你不用想骗他。并且买书的时候还要仔细，有时候买到家来便可发见版次的不对，或竟脱落了几十页。遇到合意的书不能立刻就买，因为顶痛心的事无过于买妥之后走到别家价钱还要便宜；也不能不立刻就买，因为才一回头的工夫，手长的就许先抢去了。这里面颇有一番心机。

在中国买英文书，价钱太贵还在其次，简直就买不到。因此我时常地忆起纽约的旧书铺。

手不释卷，自在从容

人，诚如波斯诗人奥玛·海亚姆所说，来不知从何处来，去不知向何处去，来时并非本愿，去时亦未征得同意，稀里糊涂地在世间逗留一段时间。在此期间内，我们是以心为形役呢？还是立德立功立言以求不朽呢？还是参究生死直超三界呢？这大主意需要自己拿。

流行的谬论

有许多俚语俗谚，都是多少年来的经验与智慧累积锻炼而成的。简单的一句话，好像含着颠扑不破的真理。所以在言谈之间，常被摭引，有时候比古圣先贤的嘉言遗训还更亲切动人。由于时代变迁，曩昔的金言有些未必可以奉为圭臬，有些即使仍在流行，事实上也已近于谬论。如要举例，信手拈来就有下面几条。

一、树大自直

一个孩子，缺乏家教，或是父母溺爱，很容易变成性情乖张，恣肆无礼，稍长也许还会沾染恶习，自甘堕落。常言道：“三岁看小，七岁看老。”悲观的人就要认为这个孩子没有出息，长大了之后大概是败家子或社会上的蛀虫。有些人比较乐观（包括大多数父母在内），另有想法：“没关系，树大自直。”“浪子回头金不换”的故事不是常有所闻吗?

树大会不会都能自直，我怀疑。山水画里的树很少是直的，多半是欹里歪斜的，甚或是悬空倒挂的。“抚孤松而盘桓”，那孤松不歪不斜便很难去抚。景山上的那棵歪脖树，是天造地设的投缳殉国的装备，至今也没有直起来。当然，山上的巨木神木都是直挺挺地矗立着的，一片片的杉木林全是栋梁之材，也没有一棵是弯曲的。这些树不是长大了才变直，而是生来就直。堂前栽龙柏，若无木架扶持，早晚会东倒西歪。

浪子回头的事是有的，但是不多，所以一有这种事情发生，便被人传诵，算是佳话。浪子而不回头者则比比皆是，没有人觉得值得齿及。没出息的孩子变得有出息，我们可以举出许多例子，而没出息的孩子一直没出息到底，则如恒河沙数。

树要修要剪，要扶要培。孩子也是一样。弯了的树不会自直，放纵坏了的孩子大概也不会自立。西谚有云：“舍不得用板子，便会纵坏了孩子。”约翰逊博士不完全反对体罚，孩子的行为若是不正，在他身上肉厚的地方给几巴掌，他认为是最简捷了当的处理方法。

二、虱多不痒，债多不愁

晋王猛“扪虱而言，旁若无人”，固然是名士风流，无视权势。可是他的大布褂内长满了体虱（有无头虱阴虱我们不知道），那分奇痒难熬，就是没有多少经验的人也能想象得出。嵇康与山巨源绝交，也自称“性复多虱，把搔无已”，作为不堪“裹以章服揖拜上官”的理由之一。若说虱多不痒，天晓得！虱不生则已，生则繁殖甚速，孵化很快，虱愈多则愈痒，势必非“倩麻姑痒处搔”不可。

对许多人而言，借贷是寻常事。初次向人告贷，也许带有几分忸怩，手心朝上，口将言而嗫嚅。既贷到手，久不能偿，心头不能不感到压力，不愁才怪！债愈多则压力愈大。债主逼上门来，无辞以对，处境尴尬，设若遇到索债暴徒，则不免当场挂彩。也许有人要说，近有以债养债之说，多方接纳，广开债源，债额愈大，则借贷愈易，于是由小债而变成大债，挹彼注此，左右逢源，最后由大债而变成呆账，不了了之。殊不知这种缺德之事也不是人尽能为，其人必长袖善舞而且寡廉鲜耻，随时担着风险，若说他心里坦然，无忧无虑，恐亦不然。又有人说，既不能偿，则走为上计。昔人有“债台高筑”之说，所谓债台即是逃债之台。如今时代进步，欲逃债可以远走高飞，到异乡做寓公，不必自己高筑债台，何愁之有？殊不知人非情急，谁也不愿效狗急之跳墙。身在外邦，也要藏藏躲躲，见不得人，我猜想他的那种生活也不是一个愁字了得。

有虱必痒，债多必愁。

三、老天爷饿不死瞎家雀儿

有人真相信“天地之大德曰生”，对于一切有情之伦挣扎于死亡边缘好像视若无睹。人间有无法糊口者，有生而残障者，有遭逢饥馑、旱涝蝗灾，辗转沟壑者。他认为不必着慌，“船到桥头自然直”，冥冥之中似有主宰，到头来大家都有饭吃。即使是一只瞎家雀也不会活生生地饿死。

谁说的！我在寒冷的北方就不止一次看到家雀从檐角坠下，显然是饥寒交迫而死的，不过我没有去验它是否瞎。我记得哈代有一首诗，题曰《提醒者》，大意是说他在圣诞前夕正在准备过一个快乐的夜晚，忽见窗外寒枝之上落着一只小鸟，冻得直哆嗦，饿得啄食一个硬干果，一下子坠下去，像个雪球似的死了。他叹道，我难得刚要快活一阵，你竟来提醒我生活的艰难困苦！这是典型的悲观主义者哈代的一首小诗，他大概不知道我们的那句俗话“老天爷饿不死瞎家雀儿”。麻雀微细不足道，但是看看非洲在旱灾笼罩之下，多少人都成了饿殍，白骨黄沙，惨不忍睹，是人谋不臧，还是天降鞠凶？人在情急的时候，无不呼天抢地，天地会一伸援手吗？有些地方旱魃肆虐，忽然大雨滂沱，大家额手相庆，感谢上苍，没有想到雨水滋润了干土，蝗虫的卵得以在地下孵化，不久就构成了蝗灾。老天爷是何居心？

天生万物，相克相杀，没有地方讲理去，老天爷管不了许多。

四、好的开始便是成功的一半

这句话是从外语翻译过来的，很多人常把这句话挂在嘴边，未尝不是一句善颂善祷的话，当事人听了觉得很受用。但是再想一下，一个辉煌的开始便是百分之五十成功的保证，天下有这等便宜事？

《诗经·大雅·荡》："靡不有初，鲜克有终。"是比较平实的说法。我们国人做事擅长的一手是"五分钟热度"，在开始的时候激昂慷慨，铺张扬厉，好像是要雷厉风行，但是过不了多久，渐渐一切抛在脑后，虽然口里高唱"贯彻始终"，事实上常是有始无终。

参加赛跑的人，起步固然要紧，但最后胜利却系于终点前的冲刺。最近看我们的一个球队参加国际比赛，开始有板有眼，好一阵子一直领先，但是后继无力，终落惨败。好的开始似乎无关最后的成败。

五、眼不见为净

老早有人劝我别吃烧饼，说烧饼里常夹有老鼠屎，我不信。后来我好奇，有一天掰开烧饼看看，赫然一粒老鼠屎在焉。"一粒老鼠屎搅坏一锅粥！"从此我有了戒心，不敢常吃烧饼。偶然吃一次，必先掰开仔细看看。

有人笑我过分小心。他的理论是：我们每天吃的东西种类繁多，焉能一一亲自检视，大致不差也就是了，眼不见为净。人的肉眼本来所见有限，好多有毒的或无害的微生物都不是肉眼所能窥察得到的。眼见的未必净，眼不见的也未必不净。他这种说法好有一比。现代司法观念之一是：凡嫌犯之未能证实其为有罪之前，一律假设其为无罪。食物未经化验其为不净，似乎也可以认为它是净的。这种说法很危险，如果轻信眼不见为净，很可能吃下某些东西而受害不浅，重则致命，轻则缠绵病榻伏枕呻吟。

科学方法建立在几项哲学假设上面，其中之一是假设物质乃普遍一致。抽样检查之可靠性也是假立其全部品质都是一样的。我们除了信赖科学检验之外别无选择。俗话说：“过水为净。”不失为可行，蔬菜水果之类多洗几遍即可减除其中残留的农药。不过食物不是都可以水洗的。

“眼不见为净”之说固不可盲从，所谓“不干不净，吃了没病”之说简直是荒谬。

六、伸手不打笑脸人

笑脸是不常见的。常见的是面皮绷得紧紧的驴脸、可以刮下一层霜的冷脸、好像才吞了农药下去的苦脸、睡眠不足的或是劬劳瘏悴的病脸，再不就是满脸横肉的凶脸。所以我们偶然看见一张笑脸，不由得心生喜悦。那笑脸也许不是生自内心而自然流露，也许是为了某种需要而强作笑颜。脸不必笑得像一朵花，只要面部肌肉稍微放松，嘴角稍微咧开一点，就会给人以相当的舒适感。我一向相信，笑脸是人际关系中可以通行无阻的安全证。即使人在盛怒之中，摩拳擦掌，但是不会去打一个笑脸人，他下不去手。

最近看了报上一则新闻，开始觉得笑脸并不一定能保障一个人的安全。赔笑脸有时还是免不了挨嘴巴，实属常有，我所见的这条新闻却不寻常。有一位不务正业而专走邪道的青年，有一天踉跄地回家，狼狈地伏在案头，一言不发。老母见状，不禁莞尔。这一笑，不打紧，不知年轻人是误会为讥笑、讪笑，或是冷笑，他上去对准老母胸前就是一拳。老母应拳而倒，一命归西！微微一笑引起致命的一拳。以后下文如何，不得而知。

人到了要伸手打人的时候，笑脸不但不足以御强拳，而且可以招致杀身之祸。但愿这是一条孤证。

七、吃一行，恨一行

“三百六十行，行行出状元。”这是说职业不分上下，每一行范围之内，一个人只要努力，不愁不能出人头地做到顶尖的位置。这也是劝勉人各就岗位奋斗向上，不要一味地“这山望着那山高”。究竟行还是有高低，犹山之有高低。状元与状元不同。西瓜大王不能与钢铁大王比，馄饨大王也不能和煤油大王比。

每一行都有它的艰难困苦，其发展的路常是坎坷多舛的。投身到任何一个行当，只好埋头苦干。有人只看见和尚吃馒头，没看见和尚受戒，遂生羡慕别人之心，以为自己这一行只有苦没有乐，不但自己唉声叹气，恨自己选错了行，还会谆谆告诫他的子弟千万别再做这一行。这叫作“吃一行，恨一行”。

造出“吃一行，恨一行”这句话的人，其用心可能是劝勉大家安分守己，但是这句话也道出了无数人的无可奈何的心情。其实干一行应该爱一行才对。因为没有一行没有乐趣，至少一件工作之完满的完成便是无上乐趣。

很多知道敬业的人不但自己满足于他的行当，而且教导他的子弟步武他的踪迹，被人称为“克绍箕裘（比喻能继承父祖的事业。——编者注）”，其间没有丝毫恨意。

八、子不嫌母丑，狗不嫌家贫

狗是很聪明的动物，但不算太聪明。乞丐拄着一根杖，提着一个钵，沿门求乞，一条瘦狗寸步不离地跟随着他。得到一些残肴剩炙，人与狗分而食之。但是狗不会离开他，不会看到较好的去处便去趋就，所以说狗不算太聪明，虽然它有那么一分义气。

在儿女的眼光里，母亲应该是最美最可爱最可信赖最该受感激的一个人。人有丑的，母亲没有丑的。母亲可以老，但不会丑。从前有一首很流行的儿歌《乌鸦歌》，记得歌词是这样的：“乌鸦乌鸦对我叫，乌鸦真真孝。乌鸦老了不能飞，对着小鸦啼。小鸦朝朝打食归，打食归来先喂母。‘母亲从前喂过我！’”这是借乌鸦反哺来劝孝的歌，但是最后一句“母亲从前喂过我”实在非常动人，没有失去人性的人回想起“母亲从前喂过我”，再听了这句歌词，恐怕没有不心酸的。每个人大概都会为了他的母亲而感觉骄傲，谁会嫌他的母亲丑？

“狗不嫌家贫，子不嫌母丑”，话没有错。不过嫌贫爱富恐怕是人之常情，不嫌家贫这份美誉恐怕要让狗来独享。子嫌母丑的例子也不是没有。我就知道有两个例子，无独有偶。有两位受过所谓“高等教育”的人，家里宴见宾客，照例有两位衣服破敝的老妇捧茶出来，主人不予介绍，客人也就安然受之，以为那个老妪必是佣妇。久之才从侧面打听出来那老妪乃主人之生母。主人嫌其老丑，有失体面，认为见不得人，使之奉茶，废物利用而已。

狗不嫌家贫，并未言过其实。子不嫌母丑，对越来越多的人来说，有变为谬论的可能。

谈 学 者

在上一期的《文星》里看到居浩然先生的一篇文章，他把 scholarship 一词译为“学格”。这一个词是不容易翻译得十分恰当的，因为它含义不太简单。从字面上讲，这个词分两部分，scholar+ship，其重心还是在前一半，ship 表示特征、性质、地位等。《韦氏词典》所下的定义是：character or qualities of a scholar;attainments in science or literature,formerly in classical literature;learning. 这一定义好像是很简单明了，但是很值得我们想一想。什么是学者的特征与性质呢？换言之，怎样才能是一个学者呢？居先生提出了三点：第一是诚实；第二是认真；第三是纪律。愿再补充申说一下。

学者以探求真理为目的，故不求急功近利。学者研究一个问题，往往是很小的而且很偏僻的问题，不惜以狮子搏兔的手段，小题大做，有时候像是迂腐可笑，有时候像是玩物丧志。这种研究可能发生很大的影响，或给人以重要的启示，但亦可能不产生什么实际的效果。在学者自身看来，凡是探求真理的努力都是有价值的，题目不嫌其小、不嫌其偏，但求其能有所发现，纵然终于不能有所发现，其探讨的过程仍然是有价值的。学者的态度是“无所为而为”的，是不计功利的。一个有志于学的人，我们只消看看他所研究的题目，就可以约略知道他是否有走上学问之途的希望。学者有时为了探讨真理，不惜牺牲其生命，不惜与权威抗争，不为利诱自然是更不待言的了。

小题大做并不是一件容易事。要小题大做需先尽力发掘前人研究的成果与过程，需先对此一小题所牵涉到的其他各方面的材料做一广泛的探讨，然后方能正式着手。题小，然后才能精到。可是这精到仍是建立在广博的基础之上。题目若是大，则纵然用功甚勤，仍常嫌肤泛，可供通俗阅览，不能做专门参考。高谈义理，固然也是学问，不过若无切实的学识做后盾，便要流于空疏。题小而要大做，才能透彻，才能深入，才能巨细靡遗。所以学问之道是艰辛的。

学者有学者的尊严。他不屑于拾人涕唾，有所引证必注明出处，正文里不便述说则皆加脚注，最低限度引号是少不得的。凡是正式论文，必定脚注很多，这样可显示作者的功力与负责的态度。不注明出处，一方面是掠人之美，一方面是削弱了自己论证的力量。论文后面总是附有参考书目，从这书目也可窥见学者的素养。学者不发表正式论文则已，发表则必定全盘公布他的研究经过，没有一点夹带藏掖。

学者不肯强不知以为知。自己没有把握的材料，不但不可妄加议论，即使引述也往往失当，纰漏一出，识者齿冷。尝见文史作者，引证最新科学资料，或国学大师，引证外国文字，一知半解，引喻失当，自以为旁征博引，头头是道，实则暴露自己之无知与大胆，有失学者风度。

有了学者的态度，穷年累月地锲而不舍，自然有相当的造诣。但学者，永远是虚心的，偶有所得，亦不敢沾沾自喜，更不肯大吹大擂地目空一切，做小家子气。剑拔弩张的、火辣辣的，不是学者的气息，学者是谦冲的、深藏若虚的。

学者风度，中外一理。不过以我们的学校制度以及设备环境而论，我们要继续不断地一批批地培养学者，似乎甚有困难。以文字训练来说，现代文、古文、外国文都极重要，缺一不可，这只是工具的训练，并不是学问本身，而我们的一般青年学子中能有几人粗备语言文字的根底？现在的大学很少有淘汰作用，一入大学，便注定可以毕业，敷衍松懈，在学问上无纪律之可言，上课钟点奇多，而每课都是稀松。到外国去留学的学生，一开学便叫苦连天，都说功课分量重，一星期上三门课便忙不过来。以此例彼，便可知我们的教育积弊之所在。我们的学者，绝大部分都是努力自修成功的，很少是学校机构培养出来的。这不是办法。国家不能等待着学者们自生自灭，国家需要有计划地培植青年学者，大量地生产，使之新陈代谢，日益精进。这不是一纸命令的事，也不是添设机构即可奏效，最要紧的莫过于稳定的生活与充足的设备。讲到学者的养成，所有的学术教育机构皆有责任。有人讥笑我们为文化沙漠，我们也大半自承学术气氛不足。须知现代的学者和从前的不同，从前的人可以焚膏继晷皓首穷经，那时候的学术领域比较狭窄，现代的人做学问不能抱残守缺，需要图书馆、实验室的良好设备来做辅助。我深感我们的高级学府培育人才，实际上是漫无目标，毕业出来的学生从事专门职业，则常嫌准备不足，继续研究做学问，则大部分根底也很差。这是很可虑的。

谈 时 间

希腊哲学家 Diogenes 经常睡在一只瓦缸里，有一天亚历山大皇帝走去看他，以皇帝惯用的口吻问他：“你对我有什么请求吗？”这位玩世不恭的哲人翻了翻白眼，答道：“我请求你走开一点，不要遮住我的阳光。”

这个家喻户晓的小故事，究竟含义何在，恐怕见仁见智，各有不同的看法。我们通常总是觉得那位哲人视尊荣犹敝屣，富贵如浮云，虽然皇帝驾到，殊无异于等闲之辈，不但对他无所希冀，而且亦不必特别地假以颜色。可是约翰逊博士另有一种看法，他认为应该注意的是那阳光，阳光不是皇帝所能赐予的，所以请求他不要把他所不能赐予的夺了去。这个请求不能算奢侈，却是用意深刻。因此约翰逊博士由“光阴”悟到“时间”，时间也者虽然也极为宝贵，却也是常常被人劫夺的。

“人生不满百”，大致是不错的。当然，老而不死的人，不是没有，不过期颐以上不是一般人所敢想望的，数十寒暑当中，睡眠占去了很大一部分。苏东坡所谓“睡眠去其半”，稍嫌有一点夸张，大约三分之一总是有的。童蒙一段时期，说它是天真未凿也好，说它是昏昧无知也好，反正是浑浑噩噩，不知不觉；及至寿登耄耋，老悖聋瞑，甚至“佳丽当前，未能缱绻”，比死人多一口气，也没有多少生趣可言。掐头去尾，人生所余无几。就是这短暂的一生，时间亦不见得能由我们自己支配。约翰逊博士所抱怨的那些不速之客，动辄登门拜访，不管你正在怎样忙碌，他都觉得宾至如归，这种情形固然令人啼笑皆非，我觉得究竟不能算是怎样严重的“时间之贼”。他只是在我们有限的资本上抽取一点捐税而已。我们的时间之大宗的消耗，怕还是要由我们自己负责。

有人说：“时间即生命。”也有人说：“时间即金钱。”二说均是，因为有人根本认为金钱即生命。不过细想一下，有命斯有财，命之不存，财于何有？有钱不要命者，固然实繁有徒，但是舍财不舍命，仍然是较聪明的办法。所以《淮南子》说：“圣人不贵尺之璧而重寸之阴，时难得而易失也。”我们幼时，谁没有做过“惜阴说”之类的课艺？可是谁又能趁早体会到时间之“难得而易失”？我小的时候，家里请了一位教师，书房桌上有一座钟，我和我姐姐常趁教师不注意的时候把时钟往前拨快半个钟头，以便提早放学，后来被老师觉察了，他用朱笔在窗户纸上的太阳阴影画一痕迹，作为放学的时刻，这才息了逃学的念头。

时光不断在流转，任谁也不能攀住它停留片刻。“逝者如斯夫，不舍昼夜！”我们每天撕一张日历，日历越来越薄，快要撕完的时候便不免矍然以惊，惊的是又临岁晚，假使我们把几十册日历装为合订本，那便象征我们的全部的生命，我们一页一页地往下扯，该是什么样的滋味呢！“冬天来了，春天还会远吗？”可是你一共能看见几次冬去春来呢？

不可挽住的就让它去吧！问题在于，我们所能掌握的尚未逝去的时间，如何去打发它，梁任公先生最恶闻“消遣”二字，只有活得不耐烦的人才忍心去“杀时间”。他认为一个人要做的事太多，时间根本不够用，哪里还有时间可供消遣？不过打发时间的方法，亦人各不同，士各有志。乾隆皇帝下江南，看见运河上舟楫往来，熙熙攘攘，顾问左右：“他们都在忙些什么？”和珅侍卫在侧，脱口而出：“无非‘名利’二字。”这答案相当正确，我们不可以人废言。不过三代以下唯恐其不好名，大概“名利”二字当中还是利的成分大些。“人为财死，鸟为食亡。”时间即金钱之说仍属不诬。诗人华兹华斯有句：

> 尘世耗用我们的时间太多了，夙兴夜寐，
> 赚钱挥霍，把我们的精力都浪费掉了。

所以有人宁可遁迹山林，享受那清风明月，“侣鱼虾而友麋鹿”，过那高蹈隐逸的生活。诗人济慈宁愿长时间地守着一株花，看那花苞徐徐展瓣，以为那是人间至乐。嵇康在大树底下扬锤打铁，“浊酒一杯，弹琴一曲”；刘伶“止则操卮执觚，动则挈榼提壶”，一生中无思无虑其乐陶陶。这又是一种颇不寻常的方式。最彻底的超然的例子是《传灯

录》所记载的"南泉师问陆宣曰：'大夫十二时中作么生？'陆曰：'寸丝不挂！'"寸丝不挂即是了无挂碍之谓，"本来无一物，何处染尘埃？"这境界超级高了，可以说是"以天地为一朝，万期为须臾"，根本不发生什么时间问题。

人，诚如波斯诗人奥玛·海亚姆所说，来不知从何处来，去不知向何处去，来时并非本愿，去时亦未征得同意，稀里糊涂地在世间逗留一段时间。在此期间内，我们是以心为形役呢，还是立德立功立言以求不朽呢，还是参究生死直超三界呢？这大主意需要自己拿。

时间即生命

最令人触目惊心的一件事，是看着钟表上的秒针一下一下地移动，每移动一下就表示我们的寿命已经缩短了一部分。再看看墙上挂着的可以一张张撕下的日历，每天撕下一张就表示我们的寿命又缩短了一天。因为时间即生命。没有人不爱惜他的生命，但很少人珍视他的时间。如果想在有生之年做一点什么事、学一点什么学问，充实自己，帮助别人，使生命有意义，不虚此生，那么就不可浪费光阴。这道理人人都懂，可是很少有人真能积极不懈地善于利用他的时间。

我自己就是浪费了很多时间的一个人。我不打麻将，我不经常听戏看电影，几年中难得一次，我不长时间看电视，通常只看半小时，我也不串门子闲聊天。有人问我："那么你大部分时间都做了些什么呢？"我痛自反省，我发现，除了职务上的必须及人情上所不能免的活动之外，我的时间大部分都浪费了。我应该集中精力，读我所未读过的书，我应该利用所有时间，写我所要写的东西，但是我没能这样做。我好多的时间都稀里糊涂地混过去了，“少壮不努力，老大徒伤悲”。

例如，我翻译《莎士比亚》，本来计划于课余之暇每年翻译两部，二十年即可完成，但是我用了三十年，主要的原因是懒。翻译之所以完成，主要是因为活得相当长久，十分惊险。翻译完成之后，虽然仍有工作计划，但体力渐衰，有力不从心之感。假使年轻的时候鞭策自己，如今当有较好或较多的表现。然而悔之晚矣。再例如，作为一个中国人，经书不可不读。我年过三十才知道读书自修的重要。我批阅，我圈点，但是恒心不足，时作时辍。“五十以学易，可以无大过矣”，我如今年过八十，还没有接触过《易经》，说来惭愧。史书也很重要。我出国留学的时候，我父亲买了一套同文石印的前四史，塞满了我的行箧的一半空间，我在外国混了几年之后又把前四史原封带回来了。直到四十年后才鼓起勇气读了《通鉴》一遍。现在我要读的书太多，深感时间有限。无论做什么事，健康的身体是基本条件。我在学校读书的时候，有所谓“强迫运动”，我踢破过几双球鞋、打断过几只球拍。因此侥幸维持下来最低限度的体力。老来打过几年太极拳，目前则以散步活动筋骨而已。寄语年轻朋友：千万要持之以恒地从事运动，这不是嬉戏，不是浪费时间。健康的身体是做人做事的真正本钱。

利用零碎时间

英国有一位政治家兼作家威廉·科贝特（William Cobbett，1762—1835）。他写过一本书《对青年人的劝告》，其中有一段“利用零碎时间”，如下：

> 文法的学习并不需要减少办事的时间，也不需要占去必需的运动时间。平常在茶馆咖啡馆用掉的时间以及附带着的闲谈所用掉的时间——亦即一年中所浪费掉的时间——如果用在文法的学习上，便会使你在余生中成为一个精确的说话者与写作者。你们不需要进学校，用不着课室，无须费用，没有任何麻烦的情形。我学习文法是在每日赚六便士当兵的时候。床的边沿或岗哨铺位的边沿便是我研习的座位，我的背包便是我的书架子，一小块木板放在腿上便是我的写字台，而这工作并没有

用掉一整年的工夫。我没钱去买蜡烛油，在冬天除了火光以外我很难得在夜晚有任何照光，而那也只好等到我轮值时才有。

如果我在这种情形之下，既无父母又无朋友给我以帮助与鼓励，居然能完成这工作，那么任何年轻人，无论多穷苦，无论多忙，无论多缺乏房间或方便，可有什么可借口呢？为了买一支笔或一张纸，我被迫放弃一部分粮食，虽然是在半饥饿状态中。在时间上没有一刻钟可以说是属于我自己的，我必须在十来个最放肆而又随便的人之高谈阔论歌唱嬉笑吹哨吵闹当中阅读写作，而且是在他们毫无顾忌的时间里。莫要轻视我偶尔花掉的买纸笔墨水的那几文钱。那几文钱对于我是一笔巨款！除了为我们上市购买食物所费之外，我们每人每星期所得不过是两便士。我再说一遍，如果我能在此种情形之下完成这项工作，世界上可能有一个青年能找到借口说办不到吗？哪一位青年读了我这篇文字，若是还说没有时间没有机会研习这学问中最重要的一项，他能不羞惭吗？

以我而论，我可以老实讲，我之所以成功，得力于严格遵守我在此讲给你们听的教条者过于我的天赋的能力，因为天赋能力，无论多少，比较起来用处较少，纵然以严肃和克己来相辅，如果我在早年没有养成那爱惜光阴之良好习惯。我在军队获得非常快的擢升，有赖于此者胜过其他任何事物。我是“永远有备”：如果我在十点要站岗，我在九点就准备好了，从来没有任何人或任何事在等候我片刻时光。年到二十岁，从上等兵立刻升到军士长，越过了三十名中士，应该成为大家忌恨的对象。

但是早起的习惯以及严格遵守我讲给你们听的教条，确曾消灭了那些忌恨的情绪，因为每个人都觉得我所做的乃是他们所没有做的而且是他们所永不会做的。

科贝特这个人是工人之子，出身寒微，早年在美洲从军，但是他终于因苦读自修而成功，他写了不少的书，其中有一部是《英文文法》。

常有人问我：你大部分时间用在什么上面？我回答说：我的大部分时间浪费掉了。这并非矫情。的确，大部分时间是未加利用，浑浑噩噩地消磨掉了，所以一事无成老大伤悲。我又常听人说，他想读一点书，苦于没有时间。我不同情他，因为一个人不管多么忙，总不至于忙得抽不出一点时间。如果每日抽出一小时读书，一年就有三百六十五小时，十年就有三千六百五十小时。积少成多，何事不可为？放翁诗有“呼童不应自生火，待饭未来还读书”之句，我曾写了张贴在壁上，鞭策自己不要浪费“待饭未来”的那一段光阴。我的子女也无意中受到影响，待饭的时间人手一卷。这就是利用零碎时间之一道。古人所谓“马上、枕上、厕上”三上之功，其立意也无非是如此。

西人有度周末之说，工商界人士一周劳瘁，到周末游憩，亦我国休沐之意，无可厚非。读书人似应仍以“焚膏油以继晷，恒兀兀以穷年”为圭臬。零碎时间不可浪费，矧周末大好时光，竟杀之而后快？

剽　窃

顾亭林《日知录》卷二十有这样一段:

> 凡述古人之言，必当引其立言之人。古人又述古人之言，则两引之。不可袭以为己说也。诗曰:“自古在昔，先民有作。”程正叔传易，未济三阳皆失位，而曰:“斯义也，闻之成都隐者。”是则时人之言，而亦不敢没其人。君子之谦也。然后可与进于学。

他的意思是说：引述古人的言论，要说明那古人是谁。如果古人又引述另一古人的言论，两个古人的姓名都要说明。不可以把古人的议论当作是自己的。《诗经》（《商颂·那》）说：“从前古时候，已经有人这样做过。”程正叔（颐）作《易传》，讲到“未济，三阳皆失位”，特别声明这个说法是从成都一位隐者听来的。可见纵非古人，而是时人，也不可埋没他。这是君子谦逊的态度。能做到这个地步，然后才可讲到做学问。

这一段文章的标题是“述古”，但未限于古，对时人也一样地提到了。他警诫初学的人，为文不可剽窃。他人之美，不可据为己有，并且说这是为学的初步，可谓语重心长。

做硕士论文或博士论文的人，一定受过指导教授的谆谆叮嘱，选题要慎重，要小题大做，搜集资料要巨细靡遗，对于前人的有关著作要尽量研读，引用前人的言论要照录原文，加上引号，在脚注里注明出处，包括版本、年月、页数。按照这些指导原则写出来的论文，大概都有相当的分量。这样的论文，从表面上看，几乎每页都有相当多的脚注，密密麻麻地排在页底，这就说明了作者下过不少功夫、看过不少书，而且老老实实地引证别人的文字而未据为己有。这种论文，本来无须什么重大的发明创见，只要作者充分了解他的勤恳治学的态度，也就可以及格了。这种态度，英文叫作 intellectual honesty（学术上的诚实），不只硕士博士论文需要诚实，一切学术性文字都必须具备这种美德。

有人以为这种严谨诚实的作风是西方人治学的态度，这就不大合于事实。上引顾亭林《日知录》的一段文字，即足以证明我们中国学者早已注意到这个问题。

剽窃者存有一种侥幸的心理，以为古今中外的图书浩如烟海，偶然偷鸡摸狗，未必就会东窗事发。一般人怕管闲事，纵有发现也不一定会挺身检举。举例来说，从前大陆上出版的图书，此间不易见到。但是偶然也有一些漂洋而进来。剽窃者得之如获至宝，放心大胆地抄袭，大段大段地、整页整页地、一字不易地照抄不误。也有较为狡黠者，利用改头换面移花接木的手法，加以粉饰。但是起先不易得的图书，现在有不少大量翻印流通了，有心人在对比之下就不难发现其中的雷同之处。穿窬扒窃之事，未必都能破案，可是一旦被人逮住，就斯文扫地，无可辩解。这种事不值得做。

著书立说，古人看作一件大事，名之为立言，为太上三不朽之一。后来时势不同，煮字疗饥之说不能不为大家所接受。迨至晚近，从事写作的人常自贬为“爬格子的动物”了。但是不管古今有多少变化，有一条铁则当为大家所共守：不可剽窃。

出了象牙塔之后

十五年前，我还是一个没有成熟的青年。那时候我是艺术至上主义的信仰者，我觉得最丑恶的是实际人生，最美的生活是逃避现实，所以对于文学艺术产生了浓厚的兴趣。我爱李义山的诗，因为他绮丽；我爱拜伦、雪莱，因为他们豪放、超脱、浪漫。我喜欢看图画，喜欢弄音乐，喜欢月夜散步，喜欢湖旁独坐，喜欢写情诗，喜欢发感慨。我厌恨社会科学，厌恨自然科学，厌恨商人，厌恨说教的道学家，厌恨空虚的宗教。用近代术语来说，我当时该是一个所谓“文学青年”。偶检书笥，发现当时译的一首法国象征派诗人波德莱尔的散文诗，是曾发表在当时学校的周刊上的，译文是这样的：

永久的陶醉。别的事都无足轻重：这是唯一的问题。

> 假如你不愿，感觉那“时间”的可怖的担负压在你的肩上并且挤迫你到这个尘世，那么就去继续地酩酊大醉。
>
> 凭什么去醉呢？凭酒，凭诗。或是凭品德，任随你的便。必要去醉。
>
> 假如有时在宫殿的台阶上，或在沟渠的绿岸上，或在你自己屋里可怕的孤独里，你神志清醒了，或醉醒退减了一半或全部，试问一问风，或浪，或星，或鸟，或钟，或一切能飞的，叹的，动摇的，唱的，说的，现在是什么时候；风，浪，星，鸟，钟，将要答你：“这是陶醉的时候！陶醉啊，假如你不愿做‘时间’的殉死的奴隶；继续地酩酊啊！以酒，以诗，以品德，任随你便。”

译文有无错误，且不去管，却表示了我当时的心情，我当时觉得这诗道出了我自己内心的苦闷。现在我看着，觉得汗颜。但因此我也就能了解一些现代“文学青年”之趋向于逃避现实。十五年前我自己也便是这样的！一个人的年纪把一个人的心情改变得多么厉害！也许有人说，你从前的幼稚确是真，你现在的成熟确是假。我不这样想，我以为这是时间之无情的手段所酿成的变化。从前的逃避现实是许多人所不能避免的一个阶段，从逃避现实到正视人生也是一个不能避免的转移。不记得听谁说过：“一个人若在年轻时候不是无政府主义者，这个人没有出息；一个人若在成年之后仍然是一个无政府主义者，这个人也没有出息！”这是就政治思想而言。我想在文学上亦然。一个人在年轻时候若不是“为艺术而艺术”的信仰者，这个人没有出息；一个人若是到了成年之后还主张“为艺术而艺术”，这个人也没有出息！

但是现代的青年，却很少有逃避现实的趋向。现代而高谈象征主义的倒是一些中年的人。现在的青年被另外一种时尚所诱惑了。现在的青年的口头禅是斗争，是辩证法，是唯物论，是革命，在文学的领域以内亦然。当然现在的中国和十五年前的中国，环境是不同的。但是我们得承认，无论辩证法唯物论这一套是如何的正确，无论青年人放弃了那逃避现实的倾向是如何的可庆幸，这种“少年老成”的现象究竟是环境逼出来的，究竟是不自然的，现代青年人比从前的青年人知道正视人生，知道注意国家社会的情形，这是可喜的。然而从另一方面看，环境逼得青年人早熟，环境逼得青年人老早地就摆脱了孩子气，老早地就变得老成，这也不是合乎我们理想的事。当然，谁也不愿再把现代青年打发回“象牙塔”，然而“象牙塔”原也是人生过程中之一个驻足的所在，现在青年没有工夫在那塔里流连，一下子就被扯了出来，扯到惊涛骇浪的场面里去了。

然而最令人惊异的是，早已到了该出“象牙塔”的年龄的人，偏偏有些位还不出来，还在里面流连迷恋着！还想把所有的人都往这塔里招！

了　生　死

信佛的人往往要出家。出家所为何来？据说是为了一大事因缘，那就是要“了生死”。在家修行，其终极目的也是为了要“了生死”。生死是一件事，有生即有死，有死方有生，“了”即是“了断”之意。生死流转，循环不已，是为轮回，人在轮回之中，纵不堕入恶趣，生、老、病、死四苦煎熬亦无乐趣可言。所以信佛的人要了生死，超出轮回，证无生法忍。出家不过是一个手段，习静也不过是一个手段。

但是生死果然能够了断吗？我常想，生不知所从来，死不知何处去，生非甘心，死非情愿，所谓人生只是生死之间短短的一橛。这种看法正是佛家所说“分段苦”。我们所能实际了解的也正是这样。波斯诗人奥玛·海亚姆的四行诗恰好说出了我们的感觉：

Into this universe,and why not knowing,
Nor whence,like water willy-nilly flowing;
And out of it,as wind along the waste,
l know not whither,willy-nilly blowing.

不知为什么，亦不知来自何方，
就来到这世界，像水之不自主地流；
而且离开了这世界，不知向哪里去，
像风在原野，不自主地吹。

“我来如流水，去如风”，这是诗人对人生的体会。所谓生死，不了断亦自然了断，我们是无能为力的。我们来到这世界，并未经我们同意，我们离开这世界，也将不经我们同意。我们是被动的。

人死了之后是不是万事皆空呢？死了之后是不是还有生活呢？死了之后是不是还有轮回呢？我只能说不知道。使哈姆雷特踌躇不决的也正是这一种怀疑。按照佛家的学说，“断灭相”绝非正知解。一切的宗教都强调死后的生活，佛教则特别强调轮回。我看世间一切有情，是有一个新陈代谢的法则，是有遗传嬗递的迹象，人恐怕也不是例外，长江后浪推前浪，一代新人换旧人，如是而已。又看佛书记载轮回的故事，大抵荒诞不经，可供谈助，兼资劝世，是否真有其事殆不可考。如果轮回之说尚难证实，则所谓了生死之说也只是可望而不可即的一个理想了。

我承认佛家了生死之说是一崇高理想。为了希望达到这个理想，佛教徒制定许多戒律，所谓根本五戒、沙弥十戒、比丘二百五十戒，这还都是所谓“事戒”，菩萨十重四十八轻戒之“性戒”尚不在内。这些戒律都是要我们在此生此世来身体力行的。能彻底实行戒律的人方有希望达到“外息诸缘，内心无喘”的境界。只有切实地克制情欲，方可逐渐地做到“情枯智讫”的功夫。所有的宗教无不强调克己的修养，斩断情根，裂破俗网，然后才能湛然寂静，明心见性。就是佛教所斥为外道的种种苦行，也无非是“戒”的意思，不过做得过分了些。中古基督教也有许多不近人情的苦修方法。凡是宗教都是要人收敛内心戒除欲念。就是伦理的哲学家，也无不倡导多多少少的克己的苦行。折磨肉体，以解放心灵，这道理是可以理解的。但是以爱根为生死之源，而且自无始以来因积业而生死流转，非斩断爱根无以了生死，这一番道理便比较难以实证了。此生此世持戒，此生此世受福，死后如何、来世如何，便渺茫难言了。我对于在家修行的和出家修行的人们有无上的敬意。由于他们的参禅看教，福慧双修，我不怀疑他们有在此生此世证无生法忍的可能，但是离开此生此世之后是否即能往生净土，我很怀疑。这净土，像其他的被人描写过的天堂一样，未必存在。如果它存在，只是存在于我们的心里。

西方斯多葛派哲学家所谓个人的灵魂于死后重复融合到宇宙的灵魂里去，其种种信念也无非是要人于临死之际不生恐惧，那说法虽然简陋，却是不落言筌。蒙田说：“学习哲学即是学习如何去死。”

如果了生死即是了解生死之谜，从而获致大智大勇，心地光明，无所恐惧，我相信那是可以办到的。所以我的心目中，宗教家乃是最富理想而又最重实践的哲学家。至于了断生死之说，则我自惭劣钝，目前只能存疑。

读书苦？读书乐？

从开蒙说起

读书苦？读书乐？一言难尽。

从前读书自识字起。开蒙时首先是念字号，方块纸上写大字，一天读三五个，慢慢增加到十来个，先是由父母手写，后来书局也有印制成盒的，背面还往往有画图，名曰看图识字。小孩子淘气，谁肯沉下心来一遍一遍地认识那几个单字？若不是靠父母的抚慰，甚至糖果的奖诱，我想孩子开始识字时不会有多大的乐趣。

光是认字还不够，需要练习写字，于是以描红模子开始，“上大人，孔乙己，化三千……”，再不就是“一去二三里，烟村四五家，亭台六七座，八九十枝花”，或是“王子去求仙，丹成上九天，洞中才一日，世上几千年”。手搦毛笔管，硬是不听使唤，若不是先由父母把着小手写，多半就会描出一串串的大黑猪。事实上，没有一次写字不曾打翻墨盒砚台弄得满手乌黑，狼藉不堪。稍后写小楷，白折子乌丝栏，写上三五行就觉得很吃力。大致说来，写字还算是愉快的事。

进过私塾或从“人，手，足，刀，尺”读过初小教科书的人，对于体罚一事大概不觉陌生。念、背、打三部曲，是我们传统的教学法。一目十行而能牢记于心，那是天才的行径；普通智商的儿童，非打是很难背诵如流的。英国十八世纪的约翰逊博士就赞成体罚，他说那是最直截了当的教学法，颇合于我们所谓“扑作教刑”之意。私塾老师大概都爱抽旱烟，一二尺长的旱烟袋总是随时不离手的，那烟袋锅子最可怕，白铜制，如果孩子背书疙疙瘩瘩的上气不接下气，当心那烟袋锅子敲在脑袋壳上，“砰”的一声就是一个大包。谁疼谁知道。小学教室讲台桌子抽屉里通常藏有戒尺一条，古所谓榎楚，也就是竹板一块，打在手掌上，其声清脆，感觉是又热又辣又麻又疼。早年的孩子没尝过打手板的滋味的大概不太多。如今体罚悬为禁例，偶一为之便会成为新闻。现代的孩子比较有福了。

从前的孩子认字，全凭记忆，记不住便要硬打进去。如今的孩子读书，开端第一册是先学注音符号，这是一大改革。本来是，先有语言，后有文字。我们的文字不是拼音的，虽然其中一部分是形声字，究竟无法看字即能读出声音，或是发音即能写出文字。注音符号（比反切高明多了）

是帮助把语言、文字合而为一的一种工具，对于儿童读书实在是无比的方便。我们中国的文字不是没有严密的体系，所谓六书即是一套提纲挈领的理论，虽然号称“小学”，小学生谁能理解其中的道理？《说文解字》五百四十个部首就会使人晕头转向。章太炎编了一个《部首歌》，“一、上、三、示、王、玉、珏……”煞费苦心，谁能背得上来？陈独秀编了一部《小学识字读本》（台湾印行改名为《文字新论》），是文字学方面一部杰出的大作，但是显然不是适合小学识字的读本。我们中国的语言文字，说难不难，说易不易，高本汉说过这样一段话——

北京语实在是一种最可怜的方言，总共只有四百二十个音缀；普通的语词不下四千个，这四千多个的语词，统须支配于四百二十个音缀当中。同音语词的增进，使听受者受了极大的困难，于此也可以想见了……（见《中国语与中国文》）

这是外国人对外国人所说的话，我们中国儿童国语娴熟，四声准确，并不觉得北京语“可怜”。我们的困难不在语言，在语言与文字之间的不易沟通。所以读书从注音符号开始，这方法是绝对正确的。

《三字经》《百家姓》《千字文》是旧式的启蒙教材。《百家姓》有其实用价值，对初学并不相宜，且置勿论。《三字经》《千字文》都编得不错，内容丰富妥当，而且文字简练，应该是很好的教材，所以直到今日还有人怀念这两部匠心独运的著作，但是对于儿童并不相宜。孩子懂得什么“人之初，性本善”“天地玄黄，宇宙洪荒”？民国初年，我在北平陶氏学堂读过一个时期的小学，记得国文一课是由老师领头高吟“击鼓其镗，踊跃用兵，土国城漕，我独南行……”，全班一遍遍地循声朗诵，老师喉咙干了，就指派一个学生（班长之类）代表他领头高吟。朗诵一小时，下课。好多首《诗经》作品就是这样注入我的记忆，可是过了五六十年之后自己摸索才略知那几首诗的大意。小时候多少时间都浪费掉了。教我读《诗经》的那位老师的姓名已不记得，他那副不讨人敬爱的音容笑貌至今不能忘！

新式的语文教科书顾及儿童心理及生活环境，读起来自然较有趣味。民初的国文教科书，“一人二手，开门见山，山高日小，水落石出……”，“一老人，入市中，买鱼两尾，步行回家”……这一类课文还多少带有一点文言的味道。后来仿效西人的作风，就有了“小猫叫，小狗跳……”一类的句子，为某些人所诟病。其实孩子喜欢小动物，由此而入读书识字之门，亦无可厚非。抗战初期我曾负责主编一套中小学教科书，深知其中艰苦，大概越是初级的越是难于编写，因为牵涉到儿童心理与教学方法。现在台湾使用的中小学教科书，无论在内容上或印刷上较前都日益进步，学生面对这样的教科书至少应该不至于望而生畏。

纪律与兴趣

高中与大学一、二年级是读书求学的一个很重要阶段。现在所谓读书，和从前所谓“读圣贤书”意义不同，所读之书范围较广，学有各门各科，书有各种各类。但是语、英、算是基本学科，这三门不读好，以后荆棘丛生，一无是处。而这三门课，全无速成之方，必须按部就班，耐着性子苦熬。

读书是一种纪律，谈不到什么兴趣。

梁启超先生是我所敬仰的一位学者，他的一篇《学问与兴趣》广受大众欢迎，很多人读书全凭兴趣，无形中受了此文的影响。我也是他所影响到的一个。我在清华读书，窃自比附于“少小爱文辞”之列，对于数学不屑一顾，以为性情不近，自甘暴弃，勉强及格而已。留学国外，学校当局强迫我补修立体几何及三角二课，我这才知道发愤补修。可巧我所遇到的数学老师，是真正循循善诱的一个人，他讲解一条定律、一项原理，不厌其详，远譬近喻地要学生彻底理解而后已。因此我在这两门课中居然培养出兴趣，得到优异的成绩，蒙准免于参加期终考试。我举这个例子，为的说明一件事，吾人读书上课，无所谓性情近与不近，无所谓有无兴趣。读书上课就是纪律，越是自己不喜欢的学科，越要加倍鞭策自己努力钻研。克制自己欲望的这一套功夫，要从小时候开始锻炼。读书求学，自有一条正路可循，由不得自己任性。梁启超先生所倡导趣味之说，是对有志研究学问的人士说教，不是对读书求学的青年致辞。

一般人称大学为最高学府，易令人滋生误解，大学只是又一个读书求学的阶段，直到毕业之日才可称为做学问的“开始”。大学仍然是一个准备阶段，大学所讲授的仍然是基本知识。所以大学生在读书方面没有多少选择的自由，凡是课程规定的以及教师指定的读物是必须读的。青年人常有反抗的心理，越是规定必须读的，越是不愿去读，宁愿自己去海阔天空地穷搜冥讨。到头来是枉费精力自己吃亏，五四时代而不知所从。张之洞的《书目答问》不足以餍所望。有一天几个同学和我以《清华周刊》记者的名义进城去就教于北大的胡适之先生，胡先生慨允为我们开一个最低的国学必读书目，后来就发表在《清华周刊》上。内容非常充实，名为最低，实则庞大得惊人。梁启超先生看到了，凭他渊博的学识开了一个更详尽的书目。没有人能按图索骥地去读，能约略翻阅一遍认识其中较重要的人名、书名就很不错了。吴稚晖先生看到这两个书目，气得发出“一切线装书都丢进茅坑里去”的名言。现在想想，我们当时惹出来的这个书目风波，倒也不是什么坏事，只是好高骛远不切实际罢了。我们的举动表示我们不肯枯守学校规定的读书纪律，而对于更广泛更自由的读书的要求开始展露了天真的兴趣。

书到用时方恨少

我到三十岁左右开始以教书为业的时候，发现自己学识不足，读书太少，应该确有把握的题目东一个窟窿西一个缺口，自己没有全部搞通，如何可以教人？既已荒疏于前，只好恶补于后，而恶补亦非易事。我忘记是谁写的一副对联：“书有未曾经我读，事无不可对人言！”很有意思，下句好像是左宗棠的，上句不知是谁的。这副对联表面上语气很谦逊，细味之则自视甚高。以上句而论，天下之书浩如烟海，当然无法遍读，而居然发现自己尚有未曾读过之书，则其已经读过之书必已不在少数，这口气何等狂傲！我爱这句话，不是因为我也感染了几分狂傲，而是因为我确实知道自己的谫陋，该读而未读的书太多，故此时时记挂着这句名言，勉励自己用功。

我自三十岁才知道自动地读书恶补。恶补之道首要的是先开列书目，何者宜优先研读，何者宜稍加参阅，版本问题也非常重要。此时我因兼任一个大学的图书馆长，一切均在草创，经费甚为充足，除了国文系以外各系申请购书并不踊跃，我乃利用机会在英国文学图书方面广事购储。标准版本的重要典籍以及参考用书乃大致齐全。有了书并不等于问题解决，要逐步一本一本地看。我哪里有充分时间读书？我当时最羡慕英国诗人弥尔顿，他在大学卒业之后听从他父亲的安排到郝尔顿乡下别墅下帷读书五年之久，大有董仲舒三年不窥园之概，然后他才出而问世。我的父亲也曾经对我有过类似的愿望，愿我苦读几年书，但是格于环境，事与愿违。我一面教书，一面恶补有关的图书，真所谓困而后学。例如《莎士比亚剧本》，我当时熟悉的不超过三分之一，例如弥尔顿，我只读过前六卷。这重大的缺失，以后才得慢慢弥补过来。至于国学方面更是多少年茫然不知如何下手。

读　书　乐

读书好像是苦事，小时嬉戏，谁爱读书？既读书，还要经过无数次的考试，面临威胁，担惊害怕。长大就业之后，不想奋发精进则已，否则仍然要继续读书。我从前认识一位银行家，日间筹划盈虚，但是他床头摆着一套英译《法朗士全集》，每晚翻阅几页，日久读毕全书，引以为乐。宦场中、商场中有不少可敬的人物，品位很高，嗜读不倦，可见到处都有读书种子，以读书为乐，并不全是只知道争权夺利之辈。我们中国自古就重视读书，据说秦始皇日读一百二十斤重的竹简公文才就寝。《鹤林玉露》载："唐张参为国子司业，手写九经，每言读书不如写书。

高宗以万乘之尊，万几之繁，乃亦亲洒宸翰，遍写九经，云章灿然，终始如一日，古帝王所未有也。”从前没有印刷的时候讲究抄书，抄书一遍比读书一遍还要受用。如今印刷发达，得书容易，又有缩印影印之术，无辗转抄写之烦，读书之乐乃大为增加。想想从前所谓“学富五车”，是指以牛车载竹简，仅等于今之十万字弱。公元前一千年以羊皮纸抄写一部《圣经》需要三百张羊皮！那时候图书馆里的书是用铁链锁在桌上的！《听雨纪谈》有一段话：

苏文忠公作《李氏山房藏书记》曰：“予犹及见老儒先生自言其少时欲求《史记》《汉书》而不可得，幸而得之，皆手自书，日夜诵读，唯恐不及。近岁，市人转相摹刻诸子百家之书，日夜传万纸，学者之于书，多且易致如此，其文词学术当倍蓰于昔人。而后生科举之士皆束书不观，游谈无根。”苏公此言切中今时学者之病，盖古人书籍既少，凡有藏者率皆手录。盖以其得之之难故，其读亦不苟。到唐世始有板刻，至宋而益盛，虽云便于学者，然以其得之之易，遂有蓄之而不读，或读之而不灭裂，则以有板刻之故。无怪乎今之不如古也。

其言虽似言之成理，但其结论今不如古则非事实。今日书多易得，有便于学子，读书之乐岂古人之所能想象。今之读书人所面临之一大问题乃图书之选择。“开卷有益”，实未必然，即有益之书其价值亦大有差别，罗斯金说得好：“所有的书可分为两大类：风行一时的书与永久不朽的书。”我们的时间有限，读书当有选择。各人志趣不同，当读之书自然亦异，唯有一共同标准可适用于我们全体国人。凡是中国人皆应熟读我国之经典，如《诗》《书》《礼》，以及《论语》《孟子》，再如《春秋左氏传》。《史记》《汉书》以及《资治通鉴》或近人所著通史，这都是我国传统文化之所寄。如谓文字艰深，则多有今注今译之版本在。其他如子、集之类，则备随所愿。

人生苦短，而应读之书太多。人生到了一个境界，读书不是为了应付外界需求，不是为人，是为己，是为了充实自己，使自己成为一个明白事理的人，使自己的生活充实而有意义。吾故曰：读书乐。我想起英国十八世纪诗人一句诗——

> Stuff the head
>
> With all such reading as was never read.

大意是："把从未读过的书籍，赶快塞进脑袋里去。"

影响我的几本书

我喜欢书，也还喜欢读书，但是病懒，大部分时间荒嬉掉了！所以实在没有读过多少书。年届而立，才知道发愤，已经晚了。几经丧乱，席不暇暖，像董仲舒三年不窥园，弥尔顿五年隐于乡那样有良好环境专心读书的故事，我只有艳羡。多少年来我所读之书，随缘涉猎，未能专精，故无所成。然亦间有几部书对于我个人为学做人之道不无影响。究竟哪几部书影响较大，我没有思量过，直到八年前有一天邱秀文来访问我，她提出了这么一个问题，问我所读之书有哪几部使我受益较大。我略为思索，举出七部书以对，略加解释，语焉不详。邱秀文记录得颇为翔实，亏她细心地连缀成篇，并标题以“梁实秋的读书乐”，后来收入她的一个小册《智者群像》，由时报文化出版公司出版。最近《联副》推出一系列文章，都是有关书和读书的，编者要我也插上一脚，并且给我出了一个题目：影响我的几本书。我当时觉得自己好像是一个考生，遇到考官出了一个我不久以前做过的题目，自以为驾轻就熟，写起来省事，于是色然而喜，欣然应命。题目像是旧的，文字却是新的。这便是我写这篇东西的由来。

第一部影响我的书是《水浒传》。我十四岁进清华才开始读小说，偷偷地读，因为那时候小说被目为“闲书”，在学校里看小说是悬为厉禁的。但是我禁不住诱惑，偷闲在海淀一家小书铺买到一部《绿牡丹》，密密麻麻的小字光纸石印本，晚上钻在蚊帐里偷看，也许近视眼就是这样养成的。抛卷而眠，翌晨忘记藏起，查房的斋务员在枕下一摸，手到擒来。斋务主任陈筱田先生唤我前去应询，瞪着大眼厉声叱问：“这是嘛？”（天津话“嘛”就是“什么”）随后把书往地上一丢，说：“去吧！”算是从轻发落，没有处罚，可是我忘不了那被叱责的耻辱。我不怕，继续偷看小说，又看了《肉蒲团》《灯草和尚》《金瓶梅》等。这几部小说，并不使我满足，我觉得内容庸俗、粗糙、下流。直到我读到《水浒传》才眼前一亮，觉得这是一部伟大的作品，不愧金圣叹称之为第五才子书，可以和庄、骚、史记、杜诗并列。我一读、再读、三读，不忍释手。曾试图默诵一百零八条好汉的姓名绰号，大致不差（并不是每一个人物都栩栩如生，精彩的不过五分之一，有人说每一个人物都有特色，那是夸张）。也曾试图收集香烟盒里（是大联珠还是前门？）一百零八条好汉的图片。这部小说实在令人着迷。

《水浒传》作者施耐庵在元末以赐进士出身，生卒年月不详，一生经历我们也不得而知。这没有关系，我们要读的是书。有人说《水浒传》作者是罗贯中，根本不是他，这也没有关系，我们要读的是书。《水浒传》有七十回本，有一百回本，有一百十五回本，有一百二十回本，问题重重；整个故事是否早先有过演化的历史而逐渐形成的，也很难说；故事是北宋淮安大盗一伙人在山东寿张县梁山泊聚义的经过，有多大部分与历史符合有待考证。凡此种种都不是顶重要的事。《水浒传》的主题是“官逼民反，替天行道”。一个个好汉直接间接地吃了官的苦头，有苦无处诉，于是铤而走险，逼上梁山，不是贪图山上的大碗酒大块肉。官，本来是可敬的。奉公守法公忠体国的官，史不绝书。可是一朝权在手便把令来行的贪污枉法的官却也不在少数。人踏上仕途，很容易被污染，会变成另外一种人，他说话的腔调会变，他脸上的肌肉会变，他走路的姿势会变，他的心的颜色有时候也会变。“尔俸尔禄，民脂民膏”，过骄奢的生活，成特殊阶级，也还罢了，若是为非作歹，鱼肉乡民，那罪过可大了。《水浒传》写的是平民的一股怨气。不平则鸣，容易得到读者的同情，有人甚至不忍深责那些非法的杀人放火的勾当。有人以终身不入官府为荣，怨毒中人之深可想。

较近的人民叛乱事件中，义和团之乱是令人难忘的。我生于庚子后二年，但是清廷的糊涂、八国联军之肆虐，从长辈口述得知梗概。义和团是由洋人教士勾结官府压迫人民所造成的，其意义和梁山泊起义不同，不过就其动机与行为而言，我怜其愚，我恨其妄，而又不能不寄予多少之同情。义和团不可以一个“匪”字而一笔抹杀。英国俗文学中之罗宾汉的故事，其劫强济贫目无官府的游侠作风之所以能赢得读者的赞赏，也是因为它能伸张一般人的不平之感。我读了《水浒传》之后，认识了人间的不平。

我对于《水浒传》有一点极为不满。作者好像对于女性颇不同情。《水浒传》里的故事对于所谓奸夫淫妇有极精彩的描写，而显然的，对于女性特别残酷。这也许是我们传统的大男人主义，一向不把女人当人，即使当作人也是次等的人。女人有所谓贞操，而男人无。《水浒传》为人抱不平，而没有为女人抱不平。这虽不足为《水浒传》病，但是对于欣赏其不平之鸣的读者在影响上不能不打一点折扣。

第二部书该数《胡适文存》。胡先生和我们同一时代，长我十一岁，我们很容易忽略其伟大，其实他是我们这一代人在思想学术道德人品上最为杰出的一个。我读他的文存的时候，尚在清华没有卒业。他影响我的地方有三：

一是他的明白清楚的白话文。明白清楚并不是散文艺术的极致，却是一切散文必须具备的起码条件。他的《文学改良刍议》，现在看起来似嫌过简，在当时是振聋发聩的巨著。他的《白话文学史》的看法，他对于文学（尤其是诗）的艺术的观念，现在看来都有问题。例如他直到晚年还坚持说律诗是“下流”的东西，骈四俪六当然更不在他眼里。这是他的偏颇的见解。可是在五四前后，文章写得像他那样明白晓畅不蔓不枝的能有几人？我早年写作，都是以他的文字作为模仿的榜样。不过我的文字比较杂乱，不及他的纯正。

二是他的思想方法。胡先生起初倡导杜威的实验主义，后来他就不弹此调。胡先生有一句话："不要被别人牵着鼻子走！"像是给人的当头棒喝。我从此不敢轻信人言。别人说的话，是者是之，非者非之，我心目中不存有偶像。胡先生曾为文批评时政，也曾为文对什么主义质疑，他的几位老朋友劝他不要发表，甚至要把已经发排的稿件擅自抽回，胡先生说："上帝尚且可以批评，什么人、什么事不可批评？"他的这种批评态度是可佩服的。从大体上看，胡先生从不侈言革命，他还是一个"儒雅为业"的人，不过他对于往昔之不合理的礼教是不惜加以批评的。曾有人家办丧事，求胡先生"点主"，胡先生断然拒绝，并且请他阅看《胡适文存》里有关"点主"的一篇文章，其人读了之后翕然诚服。胡先生对于任何一件事都要寻根究底，不肯盲从。他常说他有考据癖，其实也就是独立思考的习惯。

三是他的认真严肃的态度。胡先生说他一生没写过一篇不用心的文章，看他的文存就可以知道确是如此，无论多小的题目，甚至一封短札，他也是像狮子搏兔似的全力以赴。他在庐山偶然看到一个和尚的塔，他作了八千多字的考证。他对于《水经注》所下的功夫是惊人的。曾有人劝他移考证《水经注》的功夫去做更有意义的事，他说不，他说他这样做是为了要把研究学问的方法传给后人。我对于《水经注》没有兴趣，胡先生的著作我没有不曾读过的，唯《水经注》是例外。可是他治学为文之认真的态度，是我认为应该取法。有一次，他对几个朋友说，写信一定要注明年、月、日，以便查考。我们明知我们的函件将来没有人会去研究考证，何必多此一举？他说不，要养成这个习惯。我接受他的看法，年、月、日都随时注明。有人写信仅注月、日而无年份，我看了便觉得缺憾。我译《莎士比亚》，大家知道，是由于胡先生的倡导。当初约定一年译两本，二十年完成，可是我拖了三十年。胡先生一直关注这件工作，有一次他由台湾飞到美国，他随身携带在飞机上阅读的书包括《亨利四世·下篇》的译本。他对我说他要看看中译的《莎士比亚》能否令人看得下去。我告诉他，能否看得下去我不知道，不过我是认真翻译的，没有随意删略，没敢潦草。他说俟全集译完之日为我举行庆祝，可惜那时他已经不在了。

第三本书是白璧德的《卢梭与浪漫主义》。白璧德（Irving Babbitt）是哈佛大学教授，是一位与时代潮流不合的保守主义学者。我选过他的“英国十六世纪以后的文学批评”一课，觉得他很有见解，不但有我们前所未闻的见解，而且和我自己的见解背道而驰。于是我对他产生了兴趣。我到书店把他的著作五种一股脑儿买回来读，其中最有代表性的是他的这一本《卢梭与浪漫主义》。他毕生致力于批判卢梭及其代表的浪漫主义，他针砭流行的偏颇的思想，总是归根到卢梭的自然主义。有一幅漫画讽刺他，画他匍匐在地上揭开被单窥探床下有无卢梭藏在底下。白璧德的思想主张，我在《学衡》杂志所刊吴宓、梅光迪几位介绍文字中已略微知其一二，只是《学衡》固执地使用文言，在一般受了五四洗礼的青年中很难引起共鸣。我读了他的书、上了他的课，突然感到他的见解平正通达而且切中时弊。我平素心中蕴结的一些浪漫情操几为之一扫而空。我开始省悟，五四以来的文艺思潮应该根据历史的透视而加以重估。我在学生时代写的第一篇批评文字《中国现代文学之浪漫的趋势》就是在这个时候写的。随后我写的《文学的纪律》《文人有行》，以至于较后对于辛克莱《拜金艺术》的评论，都可以说是受了白璧德的影响。

白璧德对东方思想颇有渊源，他通晓梵文经典及儒家与老庄的著作。《卢梭与浪漫主义》有一篇很精彩的附录，论老庄的“原始主义”，他认为卢梭的浪漫主义颇有我国老庄的色彩。白璧德的基本思想是与古典的人文主义相呼应的新人文主义。他强调人生三境界，而人之所以为人在于他有内心的理性控制，不令感情横决。这就是他念念不忘的人性二元论。《中庸》所谓“天命之谓性，率性之谓道，修道之谓教”，孔子所说的“克己复礼”，正是白璧德所乐于引证的道理。他重视的不是elan vital（柏格森所谓的“创造力”）而是elan frein（克制力）。一个人的道德价值，不在于做了多少事，而是在于有多少事他没有做。白璧德并不说教，他没有教条，他只是坚持一个态度——健康与尊严的态度。我受他的影响很深，但是我不曾大规模地宣扬他的作品。我在新月书店曾经辑合《学衡》上的几篇文字为一小册印行，名为《白璧德与人文主义》，并没有受到人的注意。若干年后，宋淇先生为美国新闻处编译一本《美国文学批评》，其中有一篇是《卢梭与浪漫主义》的一章，是我应邀翻译的，题目好像是“浪漫的道德”。三十年代“左”倾仁兄们鲁迅及其他人谥我为“白璧德的门徒”，虽只是一顶帽子，实也当之有愧，因为白璧德的书并不容易读，他的理想很高，也很难身体力行，称为门徒谈何容易！

第四本书是叔本华的《隽语与箴言》（*Maxims and Counsels*）。这位举世闻名的悲观哲学家的主要作品 *The World as Will and Idea* 我没有读过，可是这部零零碎碎的札记性质的书却给我莫大的影响。

叔本华的基本认识是：人生无所谓幸福，不痛苦便是幸福。痛苦是真实的、存在的、积极的；幸福则是消极的，并无实体的存在。没有痛苦的时候，那种消极的感受便是幸福。幸福是一种心理状态，而非实质的存在。基于此种认识，人生努力方向应该是尽量避免痛苦，而不是追求幸福，因为根本没有幸福那样的一个东西。能避免痛苦，幸福自然就来了。

我不觉得叔本华的看法是诡辩。不过避免痛苦不是一件简单的事，需要慎思明辨，更需要当机立断。

第五部书是斯陶达的《对文明的反叛》（Lothrop Stoddard: *The Revolt against Civilization*）。这不是一部古典名著，但是影响了我的思想。民国十四年，潘光旦在纽约哥伦比亚大学念书，住在黎文斯通大厦，有一天我去看他，他顺手拿起这一本书，竭力推荐要我一读。光旦是优生学者，他不但赞成节育，而且赞成“普罗列塔利亚”少生孩子，优秀的知识分子多生孩子，只有这样做，民族的品质才有希望提高。一人一票的“德谟克拉西”是不合理的，古希腊的“亚里士多克拉西”较近于理想。他推崇孔子，但不附和孟子的平民之说。他就是这样有坚定信念而非常固执的一位学者。他郑重推荐这一本书，我想必有道理，果然。

斯陶达的生年不详，我只知道他是美国人，一八八三年生，一九五〇年卒，《对文明的反叛》出版于一九二二年，此外还有《欧洲种族的实况》（一九二四年）、《欧洲与我们的钱》（一九三二年）及其他。这本《对文明的反叛》的大意是：私有财产为人类文明的基础。有了私有财产的制度，然后人类生活形态，包括家庭的、社会的、政治的、经济的各方面，才逐渐地发展而成为文明。

文明发展到相当阶段会有不合理的现象，也可称之为病态。所以有心人就要想法改良补救，也有人就想象一个理想中的黄金时代，悬为希望中的目标。《礼记·礼运》所谓的“大同”，虽然孔子说“大道之行也，与三代之英，丘未之逮也”，实则大同乃是理想世界，在尧、舜时代未必实现过，就是禹、汤、文武周公的“小康之治”恐怕也是想当然耳。西洋哲学家如柏拉图、如斯多葛派创始者季诺（Zeno）、如托马斯·莫尔及其他，都有理想世界的描写。耶稣基督也是常以慈善为教，要人共享财富。许多教派都不准僧侣自蓄财产。英国诗人柯勒律治与骚塞（Coleridge and Southey）在一七九四年根据卢梭与戈德温（Godwin）的理想，居然想到美洲的宾夕法尼亚去创立一个共产社区，虽然因为缺乏经费而未实现，其不满于旧社会的激情可以想见。不满于文明社会之现状，是相当普遍的心理。凡是有同情心和正义感的人对于贫富悬殊壁垒分明的现象无不深恶痛绝。不过从事改善是一回事，推翻私有财产制度又是一回事。斯陶达心所谓危，所以写了这样的一本书。

第六部书是《六祖坛经》。我与佛教本来毫无瓜葛。抗战时在北碚缙云山上的缙云古寺偶然看到太虚法师领导的汉藏理学院，一群和尚在翻译佛经，香烟缭绕，案积贝多树叶帖帖然，字斟句酌，庄严肃穆。佛教的翻译原来是这样谨慎而神圣的，令人肃然起散。知客法舫，彼此通姓名后得知他是《新月》的读者，相谈甚欢，后来他送我一本他作的《金刚经讲话》，我读了也没有什么领悟。一九四九年我在广州，中山大学外文系主任林文铮先生是一位狂热的密宗信徒，我从他那里借到《六祖坛经》，算是对于禅宗做了初步的接触，谈不上了解，更谈不到开悟。在丧乱中我开始思索生死这一大事因缘。在六榕寺瞻仰了六祖的塑像，对于这位不识字而能领悟佛理的高僧有无限的敬仰。

《六祖坛经》不是一人一时所作，不待考证就可以看得出来，可是禅宗大旨尽萃于是。禅宗主张不立文字，但阐明宗旨还是不能不借重文字。据我浅陋的了解，禅宗主张顿悟，说起来简单，实则甚为神秘。棒喝是接引的手段，公案是参究的把鼻。说穿了是要人一下子打断理性的逻辑的思维，停止常识的想法，蓦然一惊之中灵光闪动，于是进入一种不思善不思恶无生无死不生不死的心理状态。在这状态之中得见自心自性，是之谓明心见性，是之谓言下顿悟。

有一次我在胡适之先生面前提起铃木大拙，胡先生正色曰："你不要相信他，那是骗人的！"我不做如是想。铃木不像是有意骗人，他可能确实相信禅宗顿悟的道理。胡先生研究禅宗历史十分渊博，但是他自己没有做修持的功夫，不曾深入禅宗的奥秘。事实上他无法打入禅宗的大门，因为禅宗大旨本非理性的文字所能解析说明，只能用简略的、象征的文字来暗示。在另一方面，铃木也未便以胡先生为门外汉而加以轻蔑。因为一进入文字辩论的范围便必须使用理性的逻辑的方式才足以服人。禅宗的境界用理性逻辑的文字怎样解释也说不明白，须要自身体验，如人饮水，冷暖自知。所以我看胡适、铃木之论战根本是不必要的，因为两个人不站在一个层次上。一个说有鬼，一个说没有鬼，能有结论吗？

我个人平素的思想方式近于胡先生类型，但是我也容忍不同的寻求真理的方法。《哈姆雷特》一幕二景，哈姆雷特见鬼之后对于来自威吞堡的学者何瑞修说："宇宙间无奇不有，不是你的哲学全能梦想得到的。"我对于禅宗的奥秘亦做如是观。《六祖坛经》是我最初亲近的佛书，带给我不少喜悦，常引我做超然的遐思。

第七部书是卡莱尔的《英雄与英雄的崇拜》（Carlyle：*On Heroes and Hero-woiship*），原是一系列的演讲，刊于一八四一年。卡莱尔的文笔本来是汪洋恣肆，气势不凡，这部书因为原是讲稿，语气益发雄浑，滔滔不绝有雷霆万钧之势。他所谓的英雄不是专指搴旗斩将攻城掠地的武术高超的战士而言，举凡各方面的杰出人才，他都认为是英雄，神祇、先知、国王、哲学家、诗人、文人都可以称为英雄，如果他们能做人民的领袖、时代的前驱、思想的导师。卡莱尔对于人类文明的历史发展有一基本信念，他认为人类文明是极少数的领导人才所创造的。少数的杰出人才有所发明，于是大众跟进。没有睿智的领导人物，浑浑噩噩的大众就只好停留在浑浑噩噩的状态之中。证之于历史，确是如此。这种说法和孙中山先生所说“先知先觉、后知后觉、不知不觉”若合符节。卡莱尔的说法，人称之为“伟人学说”（Great Man Theory）。他说政治的妙谛在于如何把有才智的人放在统治者的位置上去。他因此而大为称颂我们的科举取士的制度。不过他没注意到取士的标准大有问题，所取之士的品质也就大有问题。好人出头是他的理想，他们憧憬的是贤人政治。他怕听“拉平者”（levellers）那一套议论，因为人有贤不肖，根本不平等。尽管尽力拉平世间的不平等的现象，领导人才与人民大众对于文明的贡献不能等量齐观。

我接受卡莱尔的伟人学说，但是我同时强调伟人的品质。尤其是政治上的伟人责任重大，如果他的品质稍有问题，例如轻言改革，囿于私见，涉及贪婪，用人不公，立刻就会灾及大众，祸国殃民。所以我一面崇拜英雄，一面深厌独裁。我愿他泽及万民，不愿他成为偶像。卡莱尔不信时势造英雄，他相信英雄造时势。我想是英雄与时势交相影响。卡莱尔受德国费希特（Fichte）的影响，以为一代英雄之出世含有“神意”（divine idea），又受加尔文（Calvin）一派清教思想的影响，以为上帝的意旨在指挥英雄人物。这种想法现已难以令人相信。

第八部书是马可·奥勒留（Marcus Aurelius Antonius）的《沉思录》（*Meditations*），这是西洋斯多葛派哲学最后一部杰作，原文是希腊文，但是译本极多，单是英文译本自十七世纪起至今已有二百多种。在我国好像注意到这本书的人不多。我在一九五九年将此书译成中文，由协志出版公司印行。作者是一千八百多年前的罗马帝国的皇帝，以皇帝之尊而成为苦修的哲学家，给我们留下这样的一部书真是奇事。

斯多葛派哲学涉及三个部门：物理学、论理学、伦理学。这一派的物理学，简言之，即是唯物主义加上泛神论，与柏拉图之以理性概念为唯一真实存在的看法正相反。斯多葛派认为只有物质的事物才是真实的存在，但是物质的宇宙之中偏存着一股精神力量，此力量以不同的形式出现，如人，如气，如精神，如灵魂，如理性，如主宰一切的原理，皆是。宇宙是神，人所崇奉的神祇只是神的显示。神话传说全是寓言。人的灵魂是从神那里放射出来的，早晚还要回到那里去。主宰一切的神圣原则即是使一切事物为了全体利益而合作。人的至善的理想即是有意识地为了共同利益而与天神合作。至于这一派的理论学则包括两部分，一是辩证法，一是修辞学，二者都是思考的工具，不太重要。马可最感兴趣的是伦理学。按照这一派哲学，人生最高理想是按照宇宙自然之道去生活。所谓“自然”不是任性放肆之意，而是上面说到的宇宙自然。人生除了美德无所谓善，除了罪行无所谓恶。美德有四：一为智慧，所以辨善恶；二为公道，以便应付一切悉合分际；三为勇敢，借以终止痛苦；四为节制，不为物欲所役。人是宇宙的一部分，所以对宇宙整体负有义务，应随时不忘本分，致力于整体利益。有时自杀也是正当的，如果生存下去无法善尽做人的责任。

《沉思录》没有明显地提示一个哲学体系，作者写这本书是在做反省的功夫，流露出无比的热忱。我很向往他这样的近于宗教的哲学。他不信轮回不信往生，与佛说异，但是他对于生死这一大事因缘却同样地不住地叮咛开导。佛圆寂前，门徒环立，请示以后当以谁为师，佛说："以戒为师。"戒为一切修行之本，无论根本五戒、沙弥十戒、比丘二百五十戒，以及菩萨十重四十八轻之性戒，其要义无非是克制。不能持戒，还说什么定慧？佛所斥为外道的种种苦行，也无非是戒的延伸与歪曲。斯多葛派的这部杰作坦示了一个修行人的内心了悟，有些地方不但可与佛说参证，也可以和我国传统的"天行健，君子以自强不息"以及"克己复礼"之说相印证。

英国十七世纪剧作家范布勒（Vanbrugh）的《旧病复发》（*Relapse*）里有一个愚蠢的花花大少浮平顿爵士（Lord Foppington），他说了一句有趣的话："读书乃是以别人脑筋制造出的东西以自娱。我以为有风度有身份的人可以凭自己头脑流露出来的东西而自得其乐。"书是精神食粮。食粮不一定要自己生产，自己生产的不一定会比别人生产的好。而食粮还是我们必不可或缺的。书像是一股洪流，是多年来多少聪明才智的人点点滴滴地汇集而成，很难得有人说毫无凭借地立地涌现出一部书。读书如交友，也靠缘分，吾人有缘接触的书各有不同。我读书不多，有缘接触了几部难忘的书，有如良师益友，获益匪浅，略如上述。

日　记

日记有两种。

一种是专为自己看的。每日三省吾身，太麻烦，晚上睡前抽空反省一次就足够了，想想自己这一天做了些什么事，不必等到清夜再来扪心。如果有一善可举，即不妨泚笔记在日记上；如果自己有一些什么失检之处，不管是大德逾闲或小德出入，甚至是绝对不可告人之事，亦不妨坦白自承。这比天主教堂的“告解”还方便，比法律上的“自承犯罪”还更可取。就一般人而论，人对自己总喜欢隐恶扬善，不大肯揭自己的疮疤，但是也有人喜欢透露自己的一些以肉麻为有趣的丑事，非暴露一下心不得安。最安全的办法是写在日记上。有人怕日记被人偷看，把日记珍藏起来，锁在抽屉里。世界上就有一种人偏爱偷看人家的日记。有一种日记本别出心裁，上下封面可以勾连起来上锁。其实这也是自欺欺人之事，设有人连日记本带锁一起挟以俱去，又当如何？天下没有秘密可以珍藏，白纸黑字，大概早晚总有被人察觉的可能。所以凡是为自己看的日记而真能吐露心声、袒露原形者并不多见。

另一种日记是专为写给别人看的。这种日记写得工整，态度不免矜持，偶然也记私人琐事，也写读书心得，大体上却是做时事的记录，成为社会史的一个局部的缩影。写这种日记的人须有丰富的生活、广阔的交游，才能有值得一记的资料登上日记。我认识一位海外学人，他的日记放在案头供人阅览，打开一看好多页都近于空白，只写着“午后饮咖啡一杯”。像是在写流水账，而又出纳甚吝。我又有一位同事，年纪不老小，酷嗜象棋，能不用棋盘和高手过招，如有得意之局必定在晚上“复盘”登记在十行纸簿的日记上，什么“马二进三”“车一进五”的，写得整整齐齐，置在案头供人阅览。同嗜的人并不多，有兴趣看而又能看得懂的人更少，只要肯表示一下惊讶赞叹之意，日记的主人便心满意足了。至于处心积虑地逐日写日记，准备藏之名山传诸后世，那就算是一种著述了。

以我所知的几部著名的中外日记，英国十七世纪的佩皮斯（Pepys）的日记为最有趣的之一。他两度为英国的海军大臣，乃政坛显要，被誉为英国海军之父，但是使他在历史上成大名的却是他的一部日记。他从一六六〇年一月一日起，到一六六九年五月三十一日止，这九年多的时期内，他每日必写，从无间断，写的是当时的大事，如查尔斯二世如何自法归来实行复辟、疫疠流行的惨状、伦敦的大火、对荷兰的战争等。对于戏剧及其他娱乐节目也不放过。最令人惊异的是，他写他自己的行为，如何殴打他的妻子，勾引他的女仆，如何在外拈花惹草，一夜风流，如何在他妻子为他理发时发现了二十只虱子，如何在教堂讲道时定着眼睛看女人，如何与人幽会一再被妻子捉到而悔过讨饶……都有生动的记述。这九年多的日记累积有三千零一十二页之多，分装为六大册。内中许多事情不便公开，又有些私事怕家人偷看，他采用“古希腊罗马速记术”。死后捐赠给他的母校剑桥的图书馆，在那里庋藏了一百多年，蛛网尘封，无人过问，最后才被人发现予以翻译付梓。

与佩皮斯同时，也以一部日记而闻名的是约翰·伊夫林（John Evelyn）。他也是宫廷人物，但未任高职。他的日记从一六四一年起，当时他二十一岁，直到一七〇六年死前二十四天止，可以说是他的毕生行谊的记录。他是知识分子，所记内容当然有异于佩皮斯的。

我们中国文人也有不少写日记而成绩可观的，但是大部分近似读书札记，较少叙事抒情，文学史一向不把日记作者列为值得一提的人物。例如李慈铭的《越缦堂日记》六十四册，自咸丰三年至光绪十五年凡三十六年，几乎逐日有记，很少间断，洋洋大观，很值得一读，但我相信肯看的人不多。

胡适先生有一部日记，从他在北大执教时起一直到他晚年，其规模之大内容之富可能超过以往任何作者。我在上海无意中看到过他的一部分日记，用毛笔写在新月稿纸上，相当工整，其最大特色为对于时事（包括社会新闻）特为注意，经常剪贴报纸，也许是因此之故，他的日记不久就裒然成帙。他的私人生活也记得很细，甚至和友人饮宴同席的人名都记载下来。他说："我这部日记是我留给我两个儿子的唯一的一部遗产。"因为他知道这部日记牵涉到的人太多，只有在他去世若干年后才好发表。隔好多年，有一次我问他："先生的日记是否一直继续在写？"他说："到美国后，纸笔都没有以前那样方便，改用墨水笔和洋纸本子了，可是没有间断，不过没有从前那样详尽了。"他的日记何时才能印行，不得而知，我只盼望有朝一日可以问世，最好是完整的照相制版，不加删改，不易一字。

抗战八年[1]，我想必有不少人亲身经历过一些可歌可泣之事。可惜的是，很少有资格的人留下一部完整的日记。《传记文学》刊载的何成浚先生的《战争日记》是很难得的一部价值甚高的作品，内容详尽，而且文字也很简练。所记载的是他个人接触到的一些军政情况与人物，当然未能涵盖其他社会与文化方面的动态。假如有文人或学者在八年[2]抗战中留有完整的日记，我相信其可读性必定很高。日记只要忠

[1] 2017 年 1 月，国家教育部已对小学地方教材进行修改，重新界定 1931 年 9 月 18 日至 1945 年日本无条件投降结束为中国抗日战争时期，共计抗战十四年。原"抗战八年"是以 1937 年"七七事变"至 1945 年日本投降这一时段，经史学界讨论确认，废弃"抗战八年"说法，统一为"抗战十四年"。此处由于写作年代和历史局限性问题，仍写作"抗战八年"为保持作品完整，原文不作修改，特此注释。

[2] 同上。

实、细致就好，忸忸怩怩的文艺腔是绝对不需要的。人称抗战时期是一个“大时代”，其实没有一个时代不大，不过比较的，有些时代好像是特别热闹而已。承平时期也未尝没有可记之事。写日记不难，难在持之以恒。

漫谈读书

我们现代人读书真是幸福。古者，“著于竹帛谓之书”，竹就是竹简，帛就是缣素。书是稀罕而珍贵的东西。一个人若能垂于竹帛，便可以不朽。孔子晚年读《易》，韦编三绝，用韧皮贯联竹简，翻来翻去以至于韧皮都断了，那时候读书多么吃力！后来有了纸，有了毛笔，书的制作比较方便，但在印刷之术未行以前，书的流传完全是靠抄写。我们看看唐人写经，以及许多古书的钞本，可以知道一本书得来非易。自从有了印刷术，刻版、活字、石印、影印，乃至于显微胶片，读书的方便无以复加。

物以稀为贵。但是书究竟不是普通的货物。书是人类智慧的结晶、经验的宝藏，所以尽管如今满坑满谷的都是书，书的价值仍不是用金钱可以衡量的。价廉未必货色差，畅销未必内容好。书的价值在于其内容的精到。宋太宗每天读《太平御览》等书二卷，漏了一天则以后追补，他说："开卷有益，朕不以为劳也。"这是"开卷有益"一语之由来。《太平御览》采集群书一千六百余种，分为五十五门，历代典籍尽萃于是，宋太宗日理万机之暇日览两卷，当然可以说是"开卷有益"。如今我们的书太多了，纵不说粗制滥造，至少是种类繁多，接触的面甚广。我们读书要有抉择，否则不但无益而且浪费时间。

那么读什么书呢？这就要看各人的兴趣和需要。在学校里，如果能在教师里遇到一两位有学问的，那是最幸运的事，他能适当地指点我们读书的门径。离开学校就只有靠自己了。读书，永远不恨其晚。晚，比永远不读强。有一个原则也许是值得考虑的：作为一个地道的中国人，有些书是非读不可的。这与行业无关。理工科的、财经界的、文法的，都需要读一些蔚成中国文化传统的书。经书当然是其中重要的一部分，史书也一样的重要。盲目地读经不可提倡，意义模糊的所谓"国学"亦不能餍现代人之望。一系列的古书是我们应该以现代眼光去了解的。

黄山谷说："人不读书，则尘俗生其间，照镜则面目可憎，对人则语言无味。"细味其言，觉得似有道理。事实上，我们所看到的人，确实是面目可憎语言无味的居多。我曾思索，其中因果关系安在？何以不读书便面目可憎语言无味？我想也许是因为读书等于是尚友古人，而且那些著书立说的古人必定是一时才俊，与古人游不知不觉受其熏染，终乃收改变气质之功，境界既高，胸襟既广，脸上自然透露出一股清醇爽朗之气，无以名之，名之曰书卷气。同时在谈吐上也自然高远不俗。反过来说，人不读书，则所为何事，大概是陷身于世网尘劳，困厄于名缰利锁，五烧六蔽，苦恼烦心，自然面目可憎，焉能语言有味？

当然，改变气质不一定要靠读书。例如，艺术家就另有一种修为。“伯牙学琴于成连先生，三年不成。成连云：‘吾师方子春今在东海中，能移人情。’乃与伯牙偕往，至蓬莱山，留伯牙宿，曰：‘子居此习之，吾将迎之。’刺船而去，旬时不返。伯牙延望无人，但闻海水汹洞崩坼之声，山林窅冥，群鸟悲号，怆然叹曰：‘先生将移我情。’乃援琴而歌，曲成，成连回刺船迎之而返。伯牙之琴遂妙天下。”这一段记载，写音乐家之被自然改变气质，虽然神秘，不是不可理解的。禅宗教外别传，根本不立文字，靠了顿悟即能明心见性。这究竟是生有异禀的人之超绝的成就。以我们一般人而言，最简便的修养方法还是读书。

书，本身就有情趣、可爱。大大小小形形色色的书，立在架上，放在案头，摆在枕边，无往而不宜。好的版本尤其可喜。我对线装书有一分偏爱。吴稚晖先生曾主张把线装书一律丢在茅厕坑里，这偏激之言令人听了不大舒服。如果一定要丢在茅厕坑里，我丢洋装书，舍不得丢线装书。可惜现在线装书很少见了，就像穿长袍的人一样稀罕。几十年前我搜求杜诗版本，看到古逸丛书影印宋版蔡梦弼《草堂诗笺》，真是爱玩不忍释手，想见原本之版面大，刻字精，其纸张墨色亦均属上选。在校勘上、笺注上此书不见得有多少价值，可是这部书本身确是无上的艺术品。

好　书　谈

从前有一个朋友说，世界上的好书，他已经读尽，似乎再没有什么好书可看了。当时许多别的朋友不以为然，而较年长一些的朋友就更以为狂妄。现在想想，却也有些道理。

世界上的好书本来不多，除非爱书成癖的人（那就像抽鸦片抽上瘾一样的），真正心悦诚服地手不释卷，实在有些稀奇。还有一件最令人气短的事，就是许多伟大的作家往往没有什么凭借，但却做了后来二三流的人的精神上的财源了。柏拉图、孔子、屈原，他们一点一滴，都是人类的至宝，可是要问他们从谁学来的，或者读什么人的书而成就如此，恐怕就是最善于说谎的考据家也束手无策。这事有点儿怪！难道真正伟大的作家，读书不读书没有什么关系吗？读好书或读坏书也没有什么影响吗？

叔本华曾经说好读书的人就好像惯于坐车的人，久而久之，就不能在思想上迈步了。这真唤醒人的不小迷梦！小说家瓦塞曼竟又说过这样的话，认为倘若为了要鼓起创作的勇气，只有读二流的作品。因为在读二流的作品的时候，他可以觉得只要自己一动手就准强。倘读第一流的作品却往往叫人减却了下笔的胆量。这话也不能说没有部分真理。

也许世界上天生有种人是作家，有种人是读者。这就像天生有种人是演员，有种人是观众；有种人是名厨，有种人却是所谓老饕。演员是不是十分热心看别人的戏，名厨是不是爱尝别人的菜，我也许不能十分确切地肯定。但我见过一些作家，却确乎不大爱看别人的作品。如果是同时代的人，更如果是和自己的名气不相上下的人，大概尤其不愿意寓目。我见过一个名小说家，他的桌上空空如也，架上仅有的几本书是他自己的新著，以及自己所编过的期刊。我也曾见过一个名诗人（新诗人），他的唯一读物是《唐诗三百首》，而且在他也尽有多余之感了。这也不一定只是由于高傲，如果分析起来，也许是比高傲还复杂的一种心理。照我想，也许是真像厨子（哪怕是名厨），天天看见油锅油勺，就腻了。除非自己逼不得已而下厨房，大概再不愿意去接触这些家伙，甚而不愿意见一些使他可以联想到这些家伙的物什。职业的辛酸，也有时是外人不晓得的。唐代的阎立本不是不愿意自己的儿子再做画师吗？以教书为生活的人，也往往看见别人在声嘶力竭地讲授，就会想到自己，于是觉得“惨不忍闻”。做文章更是一桩呕心血的事，成功失败都要有一番产痛，大概因此之故不忍读他人的作品了。

撇开这些不说，站在一个纯粹读者的角度而论，却委实有好书不多的实感。分量多的书，糟粕也就多。读读杜甫的选集十分快意，虽然有些佳作也许漏过了选者的眼光。读全集怎么样？叫人头痛的作品依然不少。据说有把全集背诵一字不遗的人，我想这种人不是缺乏美感，就只是为了训练记忆。顶讨厌的集子更无过于陆放翁，分量那么大，而佳作却真寥若晨星。反过来，《古诗十九首》、郭璞《游仙诗》十四首却不能不叫人公认为人类的珍珠宝石。钱钟书的小说里曾说到一个产量大的作家，在房屋恐慌中，忽然得到一个新居，满心高兴。谁知一打听，才知道是由于自己的著作汗牛充栋的结果，把自己原来的房子压塌，而一直落在地狱里了。这话诚然有点刻薄，但也许对于像陆放翁那样不知趣的笨伯有一点点儿益处。

古往今来的好书，假若让我挑选，举不出十部。而且因为年龄环境的不同，也不免随时有些更易。单就目前论，我想是:《柏拉图对话录》《论语》《史记》《世说新语》《水浒传》《庄子》《韩非子》，如此而已。其他的书名，我就有些踌躇了。或者有人问：你自己的著作可以不可以列上？我很悲哀，我只有毫不踌躇地放弃附骥之想了。一个人有勇气（无论是糊涂或欺骗）是可爱的，可惜我不能像上海某名画家，出了一套《世界名画选集》，却只有第一本，那就是他自己的“杰作”！

听戏、看戏、读戏

我小时候喜欢听戏，在北平都说听戏，不说看戏。真正内行的听众，他不挑拣座位，在池子里能有个地方就行，“吃柱子”也无所谓，在边厢暗处找个座位就可以，沏一壶茶，眯着眼，歪歪斜斜地缩在那里——听戏。实际上他听的不是戏，是某一个演员的唱。戏的主要部分是歌唱。听到一句回肠荡气的唱腔，如同搔着痒处一般，他会猛不丁地带头喊一声“好！”若是听到不合规矩荒腔走板的调子，他也会毫不留情地送上一个倒彩。真是“曲有误，周郎顾”。

我没有那份素养，当然不足以语此，但是我在听戏之中却是得到了一种精神上的满足。我自己虽不会唱，顶多是哼两声，但是却常被那节奏与韵味所陶醉。凡是爱听戏的人都有此经验。戏剧之所以能掌握住大众的兴趣，即以此故，戏的情节没有太大的关系，纵然有迷信的成分或是不大近情近理，都没有关系，反正是那百十来出的戏，听也听熟了，要注意的是演员之各有千秋的唱功。甚至演员的扮相也不重要，例如德珺如的小生，那张驴脸实在令人不敢承教，但是他唱起来硬是清脆可听。至于演员的身段、化装、行头，以及台上的切末道具，更是次焉者也。

因为戏的重点在唱，而唱功优秀的演员不易得，且其唱功一旦登峰造极，厥后在剧界即有难以为继之叹，一切艺术皆是如此。自民初以后，戏剧一直在走下坡。其式微之另一个原因是观众的素质与品位变了。戏剧的盛衰，很大部分取决于观众，此乃供求之关系，势所必至。而观众受社会环境变迁之影响，其素质与品位又不得不变。新文化运动以来，论者对于戏剧常有微词，或指脸谱为野蛮的遗留，或谓剧情不外奖善惩恶之滥调，或曰男扮女角为不自然，或诋剧词之常有鄙陋不通之处……诸如此类，皆不无见地，然实未搔着痒处。也有人倡为改良之议，诸如修改剧本、润色戏词、改善背景、增加幔幕、遮隔文武场面等，均属可行，然亦未触及基本问题之所在。我们的戏属于歌剧类型，其灵魂在唱歌。这样的戏被这样的观众所长期地欣赏，已成为我们的传统文化的一个项目。是传统，即不可轻言更张。振衰起敝之道在于有效地培养演员，旧的科班制度虽非尽善，有许多地方值得保存。俗语说："三年出一个状元，三十年不见得能出一个好演员。"人才难得，半由天赋，半由苦功。培养演员，固然不易，培养观众其事尤难，观众的品位受多方的影响，控制甚难。大势所趋，歌剧的前途未可乐观。

戏还是要看的，不一定都要闭着眼睛听。不过我们的戏剧的特点之一是所有动作多以象征为原则，不走写实的路子。因为戏剧受舞台构造的限制，三面都是观众，无幕无景，地点可以随时变，所以不便写实。说它是原始趣味也可，说它具有象征艺术的趣味亦可。这种作风怕是要保留下去的。记得尚小云有一回演《天河配》，在出浴一场中，这位高头大马的演员穿着紧身的粉红色卫生衣裤真个地挥动纱带做出水芙蓉状！有人为之骇然，也有人为之鼓掌叫绝。我觉得这是旧剧的堕落。

话剧是由外国引进来的东西。旧剧即使不堕落，话剧的兴起，其势也是不可遏的。话剧的组成要件是动作与对白，和歌剧大异其趣。从文明新戏起到晚近的话剧运动，好像尚未达到成熟的阶段。其间有很长一段是模仿外国作品，也模仿易卜生，也模仿奥尼尔，似是无可讳言。话剧虽然不唱，演员的对白却不是简单事，如何咬字吐音，使字字句句送到全场观众的耳边，需要研究苦练，同时也需要天赋。话剧常常是由学校领头演出，中外皆然，当然学校戏剧也常有非常出色的成绩，不过戏剧演出必须职业化，然后才能期望有较高的艺术水准。

话剧的主流是写实的，可以说是真正的“人生的模拟”。故导演的手法、背景的安排、灯光的变化、服装的设计，无一不重要，所以制造戏剧的效果，使观众从舞台上的表演中体会出一段有意义的人生。戏剧不可过分迎合观众趣味，否则其娱乐性可能过分增高，而其艺术性相应地减少。

在现代商业化的社会里，话剧的发展是艰苦的。且以英国著名演员劳伦斯·奥利弗爵士为例，他的表演艺术在如今是登峰造极的一个。他说："我现在拍电影，人们总是在报上批评我。'为什么拍这些垃圾？'我告诉你什么原因：找钱送三个孩子上学，养家，为他们将来有好日子……"奥利弗如此，其他演员无论矣。我们此时此地倡导话剧，首要之因是由政府建立现代化的剧院，不妨是小剧院，免费供应演出场地，或酌量少收费用，同时鼓励成立"定期换演剧目的剧团"，使演剧成为职业化，对于演员则大幅提高其报酬，使不至于旁骛。

戏本是为演的，不是为看的。所以剧本一向是剧团的财产之一部分，并不要发表出来以供众览。科班里教戏是靠口授，而且是授以"单词"，不肯整出地传授，所拥有的全剧钞本世袭珍藏唯恐走漏。从前外国的剧团也是一样，并不把剧本当作文学作品看待。把戏剧作品当作文学的一部分，是比较晚近的事。

读剧本，与看舞台上演，其感受大不相同。舞台上演，不过是两三小时的工夫，其间动作语言曾不少停，观众直接立即获得印象。有许多问题来不及思考，有许多词句来不及品赏。读剧本则可从容玩味，发现许多问题与意义。看好的剧本在舞台上做有效的表演，那才是最理想的事。戏剧本来是以演员为主要支柱，但是没有好的剧本则表演亦无所附丽。剧本的写作是创造，演员的艺术是再创造。

戏剧被利用为宣传工具，自古已然。可以宣传宗教意识，可以宣传道德信条，驯至晚近可以宣传种种的政治与社会思想。不过戏剧之为戏剧，自有其本身的文艺的价值。易卜生写《玩偶之家》，被妇女运动家视为最有力的一个宣传，但是据易卜生自己说，他根本没有想到过妇女运动。戏剧作家，和其他作家一样，需要自由创作的环境。戏剧的演出，像其他艺术活动一样，我们也应该给予最大的宽容。

文艺与道德

在美国的《新闻周刊》上看到这样一段新闻：

“且来享受醇酒妇人，尽情欢笑；明天再喝苏打水，听人讲道。”这是英国诗人拜伦（一七八八至一八二四年）的句子，据说他不仅这样劝别人，他自己也彻底地接受了他自己的劝告：他和无数的情人缱绻，许多的丑闻使得这位面貌姣好、头发鬈曲的诗人，死后不得在西敏寺内获一席地，几近一百五十年之久。一位教会长老说过，拜伦的“公然放浪的行为”和他的“不检的诗篇”使他不具有进入西敏寺的资格。但是“英格兰诗会”以为这位伟大的浪漫作家，由于他的诗和“他对于社会公道与自由之经常的关切”，还是应该享有一座纪念物的，西敏寺也终于改变了初衷，在“诗人角”里，安放了一块铜牌来纪念拜伦。

那“诗人角”早已装满了纪念诗人们的碑牌之类，包括诸大诗人如莎士比亚、弥尔顿、骚塞、雪莱、济慈，甚至还有一位外国诗人名为朗费罗的在内。

这样的一条新闻实在令人感慨万千。拜伦是英国的一位浪漫诗人，在行为与作品上都不平凡，“一觉醒来，名满天下”，他不但震世骇俗，他也愤世嫉俗，“不是英格兰不适于我，便是我不适于英格兰”，于是怫然出国，遨游欧土，卒至客死异乡，享年不过三十有六。他生不见容于重礼法的英国社会，死不为西敏寺所尊重，这是可以理解的事。一百五十年后，情感被时间冲淡，社会认清了拜伦的全部面貌，西敏寺敞开了它的严封固扃的大门，这一事实不能不使我们想一想，文艺与道德究竟是怎样的一种关系。

有人说，文艺与道德没有关系。一位厨师，只要善于调和鼎鼐，满足我们的口腹，我们就不必追问他的私生活中有无放荡逾检之处。这一比喻固很巧妙，但并不十分允洽。因为烹调的成品，以其色香味供我们欣赏，性质简单。而文艺作品之内容，则为人生的写照，人性的发挥，我们不仅欣赏其文辞，而且受其内容的感动，有时为之逸兴遄飞，有时为之回肠荡气。我们纵然不问作者本人的道德行为，却不能不理会文艺作品本身所涵蓄着的道德意味

——人生的写照，人性的发挥，永远不能离开道德。文艺与道德不可能没有关系。进一步说，口腹之欲的满足也并非饮食之道的极致；大

快朵颐之外，也还要顾到营养健康。文艺之于读者的感应，其间更要引起道德的影响与陶冶的功能。

所谓道德，其范围至为广阔，既不限于礼教，更有异于说教。吾人行事，何者应为，抉择之间端在一心，那便是道德价值的运用。悲天悯人，民胞物与的精神，也正是道德的高度表现。以拜伦而论，他的私人行为有许多地方诚然不足为训，但是他的作品却常有鼓舞人心向上的力量，也常有令人心胸开阔的妙处。他赞赏光荣的历史，他同情被压迫的人民，那一份激昂慷慨的精神，百余年之后仍然虎虎有生气，使得西敏寺的住持不得不心回意转，终于奉献给他那一份积欠已久的敬意。在伟大作品照耀之下，作者私人生活的玷污终被淡忘，也许不是谅恕，这是不是英国人聪明的地方呢？我们中国人礼教的观念很强，以为一个人私德有亏，便一无是处，我们是不容易把人品和作品分开来的，而且“文人无行”的看法也是很普遍的，好像一个人一旦成为文人，其品行也就不堪闻问，甚至有些文人还有意地不肯敦品，以为不如此不能成其为文人。

文艺的题材是人生，所以文艺永远含有道德的意味，但是文艺的功用是不是以宣扬道德为最重要的一项呢？在西洋文学批评里，这是一个老问题。罗马的何瑞士采取一种折中的态度，以为文学一面供人欣赏，一面教训，所谓寓教训于欣赏。近代纯文学的观念则是倾向于排斥道德教训于文艺之外。我们中国的传统看法，把文艺看成有用的东西，多少是从实用的观点出发，并不充分承认其本身价值。从孔子所说“诗可以兴，可以观，可以群，可以怨，迩之事父，远之事君，多识于鸟兽草木之名”

起，以至于周敦颐所谓之“文以载道”，都是把文艺当作教育工具看待，换言之，就是强调文艺之教育的功能，当然也就是强调文艺之道德的意味。直到晚近，文艺本身价值才逐渐被人认识，但是开明如梁任公先生的《小说与群治之关系》，仍未尽脱传统的功利观念的范围。我国的戏剧文学未能充分发达的原因之一，便是社会传统过分重视戏剧之社会教育价值。劝忠说孝，没有人反对；旧日剧院舞台两边柱上都有惩恶奖善性质的对联，可惜的是编剧的人受了束缚，不能自由发展，而观众所能欣赏到的也只剩了歌腔身段。戏剧有社会教育的功能，但戏剧本身的价值却不尽在此。文艺与道德有密切的关系，但那关系是内在的，不是目的与手段之间的主从关系。我们可以利用戏剧而从事社会教育，例如破除迷信，扫除文盲，以至于促进卫生，保密防谍，都可以通过戏剧的方式把主张传播给大众。但是我们必须注意，这只是借用性质，借用就是借用，不是本来用途。

文艺作品里有情感，有思想，可是里面的思想往往是很难捉摸的，因为那思想与情感交织在一起，而且常是不自觉偶然流露出来的。文艺作家观察人生，处理他选定的题材，自有他独特的眼光，他不会拘于成见，他也不会唯他人之命是从，他不可能遗世独立，把文艺与道德完全隔离，亦不可能忘却他的严肃的“观察人生，并且观察人生全体”之神圣使命。

世间百态，随遇而安

人类最高理想应该是人人能有闲暇，于必须的工作之余还能有闲暇去做人，有闲暇去做人的工作，去享受人的生活。我们应该希望人人都能属于“有闲阶层”。有闲阶层如能普及于全人类，那便不复是罪恶。人在有闲的时候才最像是一个人。手脚相当闲，头脑才能相应地忙起来。

房东与房客

狗见了猫，猫见了耗子，全没有好气，总不免怒目相视，龇牙咧嘴，一场格斗了事。上天生物就是这样，生生相克，总得斗。房东与房客，或房客与房东，其间的关系也是同样的不祥。在房东眼里，房客很少有好东西；在房客眼里，房东根本就没有一个好东西。利害冲突，彼此很难维持人与人之间应有的常态。

房东的哲学往往是这样的："来看房的那个人，看样子就面生可疑。我的房子能随便租给人？租给他开白面房子怎么办？将来非找个铺保不可。你看他那个神儿！房子的间架矮哩，院子窄哩，地点偏哩，房租贵哩，褒贬得一文不值，好像是谁请他来住似的！你不合适不会不住？我说得清清楚楚，你没有家眷我可不租，他说他有。我问他是干什么的，他死不张嘴，再不就是吞吞吐吐，八成不是好人。可是后来我还是租给他了。

他往里一搬，哎呀，怎那么多人口，也不知究竟是几家子？瘪嘴的老太太有好几位，孩子一大串，兔儿爷似的一个比一个高。住了没有几个月，房子糟蹋得不成样子，雪白的墙角上他堆煤，披麻绿油的影壁上画了粉笔的飞机与乌龟，砖缝的草更长了一人多高，沟眼也堵死了，水龙头也歪了，地板上的油漆也磨光了，天花板也熏黑了，玻璃窗也用高丽纸给补了，门环子也掉了……唉，简直是遭劫！房租到期还要拖欠，早一天取固然不成，过几天取也常要碰钉子，'过两天再来吧''下月一起付吧''太太不在家''先付半个月的吧''我们还没有发薪哪，发了薪给你送去'……好，房租取不到，还得白跑道，腿杆儿都跑细了。他不给租钱，还挺横，你去取租的时候，他就叫你蹲在门口儿，'砰'的一声把大门关上了，好像是你欠他的钱！也有到时候把房租送上门来的，这主儿更难缠，说不定他早做了二房东，他怕我去调查。租人家的房子住人的，有几个是有良心的？……"

房客的哲学又是一套："这房东的房子多得很，'吃瓦片儿的'，任事不做，靠房钱吃饭。这房子一点儿也不合局，我要是有钱绝不租这样的房子。我是凑合着住。一进门就是三份儿，一房一茶一打扫，比阎王还凶。没法子，给你。还要打铺保？我人地生疏，哪里找保去？难道我还能把你的房子吃掉不成？你问我家里人口多不多？你管得着吗？难道房东还带查户口？'不准转租'，我自己还不够住的呢！可是我要把南房腾空转租，你也管不了，反正我不欠你的房租。'不准拖欠'，噫，我要是有钱我绝不拖欠。这个月我迟领了几天薪，房东就三天两头儿地找上门来，好像是有几年没付房钱似的，搅得我一家不安。谁没有个手头儿发窘？何苦！房钱错了一天也不行，急如星火，可是那天下雨房漏了，打了八次电话，他也不派人来修，把我的被褥都湿脏了，阴沟堵住了，院里积了一汪子水，也不来修。门环掉了，都是我自己找人修的。他还觍着脸催房钱！无耻！我住了这样久，没糟蹋你一间房子，墙、柱子都好好的，没摘过你一扇门一扇窗子，还要怎样？这样的房客你哪里找去？……”

房东、房客如此之不相容，租赁的关系不是很容易决裂的吗？啊不。比离婚还难。房东虽然不好，房子还是要住的；房客虽然不好，房子不能不由他住。主客之间永远是紧张的，谁也不把谁当作君子看。

这还是承平时代的情形。在通货膨胀的时代，双方的无名火都提高了好几十丈，提起了对方的时候恐怕牙都要发痒。

房东的哲学要追加这样一部分：“你这几个房钱够干什么的？你以后不必给房钱了，每个月给我几个烧饼好了。一开口就是‘老房客’，老房客就该白住房？你也打听打听现在的市价，顶费要几条几条的，房租要一袋一袋的，我的房租不到市价的十分之一，人不可没有良心。你嫌贵，你别处租租试试看。你说年头不好，你没有钱，你可以住小房呀！谁叫你住这么大的一所？没有钱，就该找三间房忍着去，你还要场面？你要是一个钱都没有，就该白住房吗？我一家子指着房钱吃饭哪！你也不是我的儿子，我为什么让你白住？……”

房客方面也追加理由如下：“我这么多年没欠过租，我们的友谊要紧。

房钱不是没有涨过，我自动地还给你涨过一次呢，要说是市价一间一袋的话，那不合法，那是高抬物价，市侩作风，说到哪里也是你没理。人不可不知足。你要涨到多少才叫够？我的薪水也并没有跟着物价涨。才几个月的工夫，又啰唣着要涨房租，亏你说得出口！你是房东，资产阶级，你不知没房住的苦，何必在穷人身上打算盘？不用废话了，等我的薪水下次调整，也给你加一点儿，多少总得加你一点儿，这个月还是这么多，你爱拿不拿！你不拿，我放在提存处去，不是我欠租……”

闹到这个地步，关系该断绝了吧？啊不。房客赌气搬家，不，这个气赌不得，赌财不赌气。房东撵房客搬家，更不行，撵人搬家是最伤天害理的事，谁也不同情，而且事实上也撵不动，房客像是生了根一般。打官司吗？房东心里明白：请律师递状，开庭，试行和解，开庭辩论，宣判，二审，三审，执行，这一套程序不要两年也得一年半，不合算。没法子，怄吧。房东和房客就这样地在怄着。

世界上就没有人懂得一点儿宾主之谊，客客气气，好来好散的吗？有。不过那是在“君子国”里。

市　　容

在我居住的巷口外大街上，在朝阳的那一面，通常总是麇聚着一堆摊贩，全是贩卖食物的小摊，其中种类甚多，据我所记得的有——豆汁儿、馄饨、烧饼、油条、切糕、炸糕、面茶、杏仁茶、老豆腐、猪头肉、馅饼、烫面饺、豆腐脑、贴饼子、锅盔等。有斜支着四方形的布伞的，有搁着条凳的，有停着推把车的，有放着挑子的，形形色色，杂然并陈。热锅里冒着一阵阵的热气。围着就食的有背书包戴口罩的小学生，有佩戴徽章缩头缩脑的小公务员，有穿短棉袄的工人，有披蓝号码背心的车夫，乱哄哄的一团。我每天早晨从这里经过，心里总充满了一种喜悦。我觉得这里面有生活。

我愿意看人吃东西，尤其这样多的人在这样的露天食堂里挤着吃东西。我们中国人素来就是“民以食为天”。见面打问讯时也是“您吃了吗”，挂在口边。吃东西是一天中最大的一件事。谁吃饱了，谁便是解决了这一天的基本问题。所以我见了这样一大堆人围着摊贩吃东西，缩着脖子吃点热东西，我就觉得打心里高兴。小贩有气力来摆摊子，有东西可卖，有人来吃，而且吃完了付得起钱，这都是好事。我相信这一群人都能于吃完东西之后好好地活着——至少这一半天。我愿意看一个吃饱了的人的面孔，不管他吃的是什么。当然，这些小吃摊上的东西也许是太少了一些维他命，太多了一些灰尘霉菌，我承认。立在马路边捧着碗，坐在板凳上举着饼，那样子不大雅观，没有餐台上放块白布然后花瓶里插一束花来得体面，这我也承认。但是我们于看完马路边上倒毙的饿殍之后，再看看这生气勃勃的市景，我们便不由得满意了。

但是，有一天，我又从这里经过，所有的摊贩全没有了。静悄悄的，没有什么人，墙边上还遗留着几堆热炉火的砖头。他们都到哪里去了呢？我好生纳闷。那些小贩到什么地方去做生意了呢？那些就食的主顾到哪里去解决他们的问题呢？

有人告诉我，为了整顿“市容”，这些摊贩被取缔了。又有人更确切地告诉我，因为听说某某人要驾临这个城市，所以一夜之间，把这些有碍观瞻的东西都驱逐净尽了。“市容”二字，是我早已遗忘了的，经这一提醒，我才恍然。现在大街上确是整洁多了，“整洁为强身之本”。我想来到这市上巡礼的那个人，于风驰电掣地在街上兜通圈子之后，一定要盛赞市政大有进步。没见一个人在街边蹲着喝豆汁，大概是全都在家里喝牛奶了。整洁的市街，像是新刮过的脸，看着就舒服。把褴褛破碎的东西都赶走，掖藏起来，至少别在大街上摆着，然后大人先生们才不至于恶心，然后他们才能感觉到与天下之人同乐的那种意味。把摊贩赶走，并不是把他们送到集中营里去的意思，只是从大街两旁赶走，他们本是游牧的性质，此地不让摆，他们还可以寻到另外僻静些的所在。大街上看不见摊贩就行，“眼不见为净”。

可是没有几天的工夫，那些摊贩又慢慢地一个个溜回来了，马路边上又兴隆起来了。负责整顿市容的老爷们摇摇头，叹口气。

市容乃中外观瞻所系，好家伙，这问题还牵涉着外国人！有些来观光的旅行者，确是古怪，带着照相机到处乱跑，并不遵照旅行指南所规划的路线走。我们有的是可以夸耀的景物，金鳌玉蝀、天坛、三大殿、陵园、兆丰公园，但是他们也许是看腻了，他们采作摄影对象的偏是捡煤核儿的垃圾山、稻草棚子。我们也有的是现代化的装备，美龄号机、流线型的小汽车，但是他们视若无睹，他们感兴趣的是骡车、骆驼队、三轮和洋车。这些尴尬的照片常常在外国的杂志上登出来，有些人心里老大不高兴，认为这是“有辱国体”。本来是，看戏要到前台去看，谁叫你跑到后台去？所谓市容，大概是仅指前台而言。前台总要打扫干净，所以市容不可不整顿一下。后台则一时顾不了。

华莱士到重庆的时候，他到附近的一个乡村小市去游历，我恰好住在那市上。一位朋友住在临街的一间房里，他养着一群鸭子，都是花毛的，好美，白天就在马路上散逛，在水坑里游泳，到晚上收进屋里去。华莱士要来，惊动了地方人士，便有官人出动，“这是谁的一群鸭子？你的？好，收起来，放在马路上不像样子。”“我没有地方收，我只有一间屋子。并且，这是乡下，本来可以放鸭子的。”“你老好不明白，平常放放鸭子也没有关系，今天不是华莱士要来么，上面有令，也就是今天下午这么一会儿，你等汽车过去之后，再把鸭子放出来好了。”这话说得委婉尽情，我的朋友屈服了，为了市容起见，委屈鸭子在屋里闷了半天。洋人观光，殃及禽兽！

裴斐教授游北平，据他自己说，第一桩事便是跑到太和殿，呆呆地在那里站半个钟头，他说：“这就是北平的文化，看了这个之后还有什么可看的呢？”他第二个要去的地方是他从前曾住过六七年的南小街子。他说：“我大失所望，亲切的南小街子没有了，变成柏油路了，和我厮熟的那个烧饼铺也没有了，那地方改建成了一所洋楼，那和善的伙计哪里去了？”他言下不胜感叹。

像裴斐这样的人太少，他懂得什么才是市容。他爱前台，他也爱后台。

闲　　暇

英国十八世纪的笛福，以《鲁滨孙漂流记》一书闻名于世，其实他是在近六十岁才开始写小说的，他以前的几十年写作的差不多全是以新闻记者的身份所写的散文。最早的一本书一六九七年刊行的《设计杂谈》（*An Essay Upon Projects*）是一部逸趣横生的奇书，我现在不预备介绍此书的内容，我只要引其中的一句话："人乃是上帝所创造的最不善于谋生的动物；没有别的一种动物曾经饿死过；外界的大自然给它们预备了衣与食；内心的自然本性给它们安设了一种本能，永远会指导它们设法谋取衣食；但是人必须工作，否则就要挨饿，必须做奴役，否则就得死；他固然是有理性指导他，很少人服从理性指导而沦于这样不幸的状态；但是一个人年轻时犯了错误，以致后来颠沛困苦，没有钱，没有朋友，没有健康，他只好死于沟壑，或是死于一个更恶劣的地方——医院。"

这一段话，不可以就表面字义上去了解，须知笛福是一位“反语”大师，他惯说反话。人为万物之灵，谁不知道？事实上在自然界里一大批一大批饿死的是禽兽，不是人。人要适合于理性的生活，要改善生活状态，所以才要工作。笛福本人是工作极为勤奋的人，他办刊物、写文章、做生意，从军又服官，一生忙个不停。就是在这本《设计杂谈》里，他也提出了许多高瞻远瞩的计划，像预言一般后来都一一实现了。

人辛勤困苦地工作，所为何来？夙兴夜寐，胼手胝足，如果纯是为了温饱像蚂蚁蜜蜂一样，那又何贵乎做人？想起罗马皇帝马可·奥勒留的一段话：

在天亮的时候，如果你懒得起床，要随时做如是想：“我要起来，去做一个人的工作。”我生来就是为了做那工作的，我来到世间就是为了做那工作的，那么现在就去做那工作又有什么可怨的呢？我既是为了这工作而生的，那么我应该蜷卧在被窝里取暖吗？“被窝里较为舒适呀。”那么你是生来为了享乐的吗？简言之，我且问你，你是被动地还是主动地要有所作为？试想每一个小的生物，每一只小鸟、蚂蚁、蜘蛛、蜜蜂，它们是如何地勤于劳作，如何地克尽厥职，以组成一个有秩序的宇宙。那么你可以拒绝去做一个人的工作吗？自然命令你做的事还不赶快地去做吗？“但是一些休息也是必要的呀。”这我不否认。但是根据自然之道，这也要有个限制，犹如饮食一般。你已经超过限制了，你已经超过足够的限量了。但是讲到工作你却不如此了，多做一点你也不肯。

这一段策励自己勉力工作的话，足以发人深省，其中“以组一个有秩序的宇宙”一语至堪玩味。使我们不能不想起古罗马的文明秩序是建立在奴隶制度之上的。有劳苦的大众在那里辛勤地劳作，解决了大家的生活问题，然后少数的上层社会人士才有闲暇去做“人的工作”。大多数人是蚂蚁、蜜蜂，少数人是人。做“人的工作”需要有闲暇。所谓闲暇，不是饱食终日无所用心之谓，是免于蚂蚁、蜜蜂般的工作之谓。养尊处优，嬉邀惰慢，那是蚂蚁、蜜蜂之不如，还能算人！靠了逢迎当道，甚至为虎作伥，而猎取一官半职或是分享一些残羹剩饭，那是帮闲或是帮凶，都不是人的工作。奥勒留推崇工作之必要，话是不错，但勤于劳作亦应有个限度，不能像蚂蚁、蜜蜂那样地工作。劳动是必须的，但劳动不应该是终极的目标。而且劳动亦不应该由一部分人负担而令另一部分人坐享其成果。

人类最高理想应该是人人能有闲暇，于必须的工作之余还能有闲暇去做人，有闲暇去做人的工作，去享受人的生活。我们应该希望人人都能属于“有闲阶层”。有闲阶层如能普及于全人类，那便不复是罪恶。人在有闲的时候才最像是一个人。手脚相当闲，头脑才能相应地忙起来。我们并不向往六朝人那样萧然若神仙的样子，我们却企盼人人都能有闲暇去发展他的智慧与才能。

说　　胖

第三十二期《宇宙风》有《文学作家中的胖子》一文，署名为上官碧，其中有一段是说我的：

> 有人在某种刊物上说：北大教授梁实秋先生像个“老板”，以为教书神气像，划拳神气更像。穿的衣服本来和别人用的材料差不多，到他身上好像就光亮不同，说的话本来和别人是同一问题，到他口上好像就意义不同。这种描写当然不大确实。梁先生原籍虽是浙江，其实北京人的成分倒比较重。饭酒食肉的洪量不必说，只看看他译《莎士比亚》可以知道。北方人照例是爽直而坦白的，梁先生译《莎士比亚戏剧》用的就是这种可爱态度。因为剧本是韵文，不易译，译来又不易懂，梁先生就直爽坦白地用普通语体文译它。此外论诗也仿佛是一个北京

人，“明白易懂”是他认为理想的好诗。

这一段话不管说得对不对，总是因为我胖，所以才被人编排在“文学作家中的胖子”之列，虽然我知道我压根儿就不是“文学作家”。一个文学作家，第一得“作”，第二得成“家”，我是不够这资格的，这个称呼应该留给更适当的人。至于“胖子”，则胖瘦之间原无明显的界限，我被列入胖子一类也是无可分辩的。不过若说我译《莎士比亚》用散文，并且以“明白易懂”为“理想的好诗”，都是因为我有较重的“北京人的成分”，这道理可有点奥妙，可怜我是北京人，我不大懂了。用散文译《莎士比亚》，在这个世界上，我不是第一个人。法文里有散文译本，德文里也有散文译本。坪内逍遥的译本我没有见过，是不是散文我不知道。北京人成分不重的田汉先生，他译的《莎士比亚》也是散文的。用散文译《莎士比亚》是否合适，是一个可以讨论的问题，但是与我的籍贯似乎不见得有什么关系。至于说我以“明白易懂”为“理想的好诗”，则我真真不服，我从来没说过这样的话，我就是再胖些也不会说出这样的话。

胖是一种病，瘦也是一种病，所以最好还是不胖不瘦。假如不可能，那么也是以近于瘦比近于胖要好得多。何以呢？近于胖，则俗；近于瘦，则雅。一个文人、一个作家，总宜于瘦；一胖起来就觉得不称，就大可以加以检举引为谈料。李白有诗嘲杜甫：“饭颗山头逢杜甫，头戴笠子日卓午。借问别来太瘦生，总为从前作诗苦。”李白大概是近于胖，所以才这样说。黄山谷和文潜诗：“张侯哦诗松韵寒，六月火云蒸肉山。”这是拿胖人取笑的。传统的正规的文人相，是应该清癯纤瘦弱不胜衣的。

《世说》：“庾公造周伯仁，伯仁曰：‘君何所欣说而忽肥？’庾曰：‘君复何所忧惨而忽瘦？’伯仁曰：‘吾无所忧，直是清虚日来，滓秽日去耳。’”“心宽体胖”还算是很客气的说法，若不客气地说，就是滓秽壅积，就是俗。

有些人，我们希望他是个瘦子，见下面他偏偏是个胖子，这时候我们心里不免就要泛起一种又惊异又失望的情绪，觉得是煞风景，扫兴！富贵中人应该是丰颐广颡了，然而也不尽然，在历史上司马温公便是著名的枯瘦。做“老板”的人也大有面如削瓜的。这虽然是例外，然而也就证明了一件事，人之胖瘦往往不由自主地惹看者扫兴、失望，这实在是大大的遗憾。即以想象中的人物而论，就说我用散文译的那个《莎士比亚》吧，他的作品中的人物如福斯塔夫是个胖子，这是大家都满意的，不胖怎能显得痴蠢？但是哈姆雷特就应该是近于清癯一类才对劲儿，然而呢，莎士比亚却把他写成一个胖子，他斗剑的时候，他的母亲不是说他太胖爱喘爱出汗吗？说起来也巧，莎士比亚的伙伴，担任扮演哈姆雷特的白贝子也是个胖子。有人说，就因为这位演员胖，所以哈姆雷特才被写成为胖。这也许是，然而多么不合于我们的想象呀！

从健康上着想，胖是应该设法治疗的。“饮酒食肉”是致胖的原因之一，但素食戒酒也不一定就是特效的治疗法。若为了欲求免俗而设法祛胖，我以为是大可不必的。俗而胖，与俗而瘦，二者之间若要我选一个，我宁愿俗而胖，不愿俗而瘦，因为反正都是俗，与其外表风雅而内心俗陋，还不如里外如一的俗！

谈 幽 默

幽默是humour的音译，译得好，音义兼顾，相当传神，据说是林语堂先生的手笔。不过“幽默”二字，也是我们古文学中的现成语。《楚辞·九章·怀沙》：“眴兮杳杳，孔静幽默。”幽默是形容山高谷深荒凉幽静的意思，幽是深，默是静。我们现在所要谈的幽默，正是意义深远耐人寻味的一种气质，与成语“幽默”二字所代表的意思似乎颇为接近。现在大家提起幽默，立刻想起原来“幽默”二字的意思了。

幽默一语所代表的那种气质，在西方有其特定的意义与历史。据古代生理学，人体有四种液体：血液、黏液、黄胆液、黑胆液。这些液体名为幽默（humours），与四元素有密切关联。血似空气，湿热；黄胆液似火，干热；黏液似水，湿冷；黑胆液似土，干冷。某些元素在某一种液体中特别旺盛，或几种液体之间失去平衡，则人生病。液体蒸发成气，上升至脑，于是人之体格上的、心理上的、道德上的特点予以形成，是之谓他的脾气性格，或径名之曰他的幽默。完好的性格是没有一种幽默主宰他。乐天派的人是血气旺，善良愉快而多情。胆气粗的人易怒、焦急、顽梗、记仇。黏性人迟钝，面色苍白、怯懦。忧郁的人贪吃、畏缩、多愁善感。幽默之反常状态能进一步导致夸张的特点。在英国伊丽莎白时代，“幽默”一词成了人的“性格”（disposition）的代名词，继而成了“情绪”（mood）的代名词。到了一六〇〇年，常以幽默作为人物分类的准绳。从十八世纪初起，英语中的幽默一语专用于语文中之足以引人发笑的一类。幽默作家常是别具只眼，能看出人类行为之荒谬、矛盾、滑稽、虚伪、可哂之处，从而以犀利简洁之方式一语点破。幽默与警语（wit）不同，前者出之以同情委婉之态度，后者出之以尖锐讽刺之态度，而二者又常不可分辨。例如莎士比亚创造的人物之中，福斯塔夫滑稽突梯，妙语如珠，便是混合了幽默与警语之最好的榜样之一。

幽默一词虽然是英译，可是任何民族都自有其幽默。常听人说我们中国人缺乏幽默感。在以儒家思想为正统的社会里，幽默可能是不被鼓励的，但是我们看《诗经·卫风·淇奥》：“善戏谑兮，不为虐兮。”谑而不虐仍不失为美德。东方朔、淳于髡，都是滑稽之雄。太史公曰：“天道恢恢，岂不大哉？谈言微中，亦可以解纷。”为立《滑稽列传》。较之西方文学，我们文学中的幽默成分并不晚出，也并未被轻视。宋元明理学大盛，教人正心诚意居敬穷理，好像容不得幽默存在，但是文学作家，尤其是戏剧与小说的作者，在编写行文之际从来没有舍弃幽默的成分。几乎没有一部小说没有令人绝倒的人物，几乎没有一出戏没有小丑插科打诨。至于明末流行的笑话书之类，如冯梦龙《笑府序》所谓“古今世界一大笑府，我与若皆在其中供话柄，不话不成人，不笑不成话，不笑不话不成世界”，直把笑话与经书子史相提并论，更不必说了。我们中国人不一定比别国人缺乏幽默感，不过表现的方式容或不同罢了。

我们的国语只有四百二十个音缀，而语词不下四千（高本汉这样说）。这就是说，同音异义的字太多，然而这正大量提供了文字游戏的机会。例如诗词里“晴”“情”二字相关，俗话中生熟的“生”与生育的“生”二字相关，都可以成为文字游戏。能说这是幽默吗？在英国文学里，相关语（pun）太多了，在十六世纪时还成了一种时尚，为雅俗所共赏。文字游戏不是上乘的幽默，灵机触动，偶一为之，尚无不可，滥用就惹人厌。幽默的精义在于其中所含的道理，而不在于舞文弄墨博人一粲。

所以善幽默者，所谓幽默作家（humourists），其人必定博学多识，而又悲天悯人，洞悉人情世故，自然地谈吐珠玑，令人解颐。英小说家萨克雷于一八五一年做一连串演讲，《英国十八世纪幽默作家》，刊于一八五三年，历述斯威夫特、斯特恩等的思想文字，着重点皆在于其整个的人格，而不在于其支离琐碎的妙语警句。幽默引人笑，引人笑者并不一定就是幽默。人的幽默感是天赋的，多寡不等，不可强求。

王尔德游美，海关人员问他有没有应该申报纳税的东西，他说：“没有什么可申报的，除了我的天才之外。”这回答很幽默也很自傲。他可以这样说，因为他确是有他一份的天才。别人不便模仿他。我们欣赏他这句话，不是欣赏他的恃才傲物，是欣赏他讽刺了世人重财物而轻才智的陋俗的眼光。我相信他事前没有准备，一时兴到，乃脱口而出，语妙天下，讥嘲与讽刺常常有幽默的风味，中外皆然。

我有一次为文，引述了一段老的故事：某寺僧向人怨诉送往迎来不胜其烦，人劝之曰："尘劳若是，何不出家？"稿成，投寄某刊物，刊物主编以为我有笔误，改"何不出家"为"何必出家"，一字之差，点金成铁。他没有意会到，反语（irony）也往往是幽默的手段。

谈话的艺术

一个人在谈话中可以采取三种不同的方式，一是独白，一是静听，一是互话。

谈话不是演说，更不是训话，所以一个人不可以霸占所有的时间，不可以长篇大论地絮聒不休，旁若无人。有些人大概是口部筋肉特别发达，一开口便不能自休，绝不容许别人插嘴，话如连珠，音容并茂。他讲一件事能从盘古开天地讲起，慢慢地进入本题，亦能枝节横生，终于忘记本题是什么。这样霸道的谈话者，如果他言谈之中确有内容，所谓“吐佳言如锯木屑，霏霏不绝”，亦不难觅取听众。在英国文人中，约翰逊博士是一个著名的例子。在咖啡店里，他一开口，老鼠都不敢叫。那个结结巴巴的高尔斯密一插嘴便触霉头。Sir Oracic 在说话，谁敢出声？约翰逊之所以被称为当时文艺界的独裁者，良有以也。学问风趣不及约翰逊者，必定是比较的语言无味，如果喋喋不已，如何令人耐得。

有人也许是以为嘴只管吃饭而不做别用，对人乃钳口结舌，一言不发。这样的人也是谈话中所不可或缺的，因为谈话，和演戏一样，是需要听众的，这样的人正是理想的听众。欧洲中古代的一个严肃的教派Carthusian monks以不说话为苦修精进的法门之一，整年地不说一句话，实在不易。那究竟是方外人，另当别论，我们平常人中却也有人真能寡言。他效法金人之三缄其口，他的背上应有铭曰：“今之慎言人也。”你对他讲话，他洗耳恭听，你问他一句话，他能用最经济的词句把你打发掉。如果你恰好也是“毋多言，多言多败”的信仰者，相对不交一言，那便只好共听壁上挂钟之嘀嗒嘀嗒了。钟会之与嵇康，则由打铁的叮当声来破除两人间之岑寂。这样的人现代也有，相对无言，莫逆于心，吧嗒吧嗒地抽完一包香烟，兴尽而散。无论如何，老于世故的人总是劝人多听少说，以耳代口，凡是不大开口的人总是令人莫测高深；口边若无遮拦，则容易令人一眼望到底。

谈话，和作文一样，有主题，有腹稿，有层次，有头尾，不可语无伦次。写文章肯用心的人就不太多，谈话而知道剪裁的就更少了。写文章讲究开门见山，起笔最要紧，要来得挺拔而突兀，或是非常爽朗，总之要引人入胜，不同凡响。谈话亦然。开口便谈天气好坏，当然亦不失为一种寒暄之道，究竟缺乏风趣。常见有客来访，宾主落座，客人徐徐开言：“您没有出门啊？”主人除了重申“我没有出门”这一事实之外没有法子再做其他的答话。谈公事，讲生意，只求其明白清楚，没有什么可说的。

一般的谈话往往是属于“无题”“偶成”之类，没有同定的题材，信手拈来，自有情致。情人们喁喁私语，总是有说不完的话题，谈到无可再谈，则“此时无声胜有声”了。老朋友们剪烛西窗，班荆道旧，上下古今无不可谈，其间并无定则，只要对方不打哈欠。禅师们在谈吐间好逞机锋，不落迹象，那又是一种境界，不是我们凡夫俗子所能企望得到的。善谈和健谈不同。健谈者能使四座生春，但多少有点霸道，善谈者尽管舌灿莲花，但总还要给别人留些说话的机会。

话的内容总不能不牵涉到人，而所谓人，则不是别人便是自己。谈论别人则东家长西家短全成了上好的资料，专门隐恶扬善则内容枯燥听来乏味，揭人隐私则又有伤口德，这其间颇费斟酌。英文 gossip 一字原义是“教父母”，尤指教母，引申而为任何中年以上之妇女，再引申而为闲谈，再引申而为飞短流长，而为长舌妇，可见这种毛病由来有之，“造谣学校”之缘起亦在于是，而且是中外皆然。不过现在时代进步，这种现象已与年纪无关。谈话而专谈自己当然不会伤人，并且缺德之事经自己宣扬之后往往变成为值得夸耀之事。不过这又显得“我执”太深，而且最关心自己的事的人，往往只是自己。英文的“我”字，是大写字母的 I，有人已嫌其夸张，如果谈起话来每句话都用“我”字开头不更显着是自我本位了吗？

在技巧上，谈话也有些个禁忌。“话到口边留半句”，只是劝人慎言，却有人认真施行，真个儿只说半句，其余半句要由你去揣摩，好像文法习题中的造句，半句话要由你去填充。有时候是光说前半句，要你猜后半句；有时候是光说后半句，要你想前半句。一段谈话中若是破碎的句子太多，在听的方面不加整理是难以理解的。费时费事，莫此为甚。我看在谈话时最好还是注意文法，多用完整的句子为宜。另一极端是唯恐听者印象不深，每一句话重复一遍，这办法对于听者的忍耐力实在要求过奢。谈话的腔调与嗓音因人而异，有的如破锣，有的如公鸡，有的行腔使气有板有眼，有的回肠荡气如怨如诉，有的于每一句尾加上一串咯咯的笑，有的于说完一段话之后像鲸鱼一般喷一口大气，这一切都无关宏旨，要紧的是说话的声音之大小需要一点控制。一开口便血脉偾张，声震屋瓦，不久便要力竭声嘶，气急败坏，似可不必。另有一些人的谈话别有公式，把每句中的名词与动词一律用低音，甚至变成耳语，令听者颇为吃力。有些人唾腺特别发达，三言两句之后嘴角上便积有两摊如奶油状的泡沫，发出重唇音的时候便不免星沫四溅，真像是痰唾珠玑。人与人相处，本来易生摩擦，谈话时也要保持距离，以策安全。

废　　话

尝有客过访，我打开门，他第一句话便是："您没有出门？"我当然没有出门，如果出门，现在如何能为你启门？那岂非活见鬼？他说这句话也不是表讶异。人在家中乃寻常事，何惊诧之有？如果他预料我不在家才来造访，则事必有因，发现我竟在家，更应该不露声色，我想他说这句话，只是脱口而出，没有经过大脑，犹如两人见面不免说一句"今天天气……"之类的话，聊胜于两个人都绷着脸一声不吭而已。没有多少意义的话就是废话。

人不能不说话，不过废话可以少说一点。十一世纪时罗马天主教会在法国有一派僧侣，专主苦修冥想，是圣·布鲁诺所创立，名为Carthusians，盖因地而得名，他的基本修行方法是不说话，一年到头地不说话。每年只有到了将近年终的时候，特准交谈一段时间，结束的时刻一到，尽管一句话尚未说完，大家立刻闭起嘴巴。明年开禁的时候，两人谈话的第一句往往是“我们上次谈到……”一年说一次话，其间准备的时光不少，废话一定不多。

梁武帝时，达摩大师在嵩山少林寺，终日面壁，九年之久，当然也不会随便开口说话，这种苦修的功夫实在难能可贵。明莲池大师《竹窗随笔》有云：“世间酽醯醇醴，藏之弥久而弥美者，皆由封锢牢密不泄气故。古人云：‘二十年不开口说话，向后佛也奈何你不得。’旨哉言乎！”一说话就怕要泄气，可是这一口气憋二十年不泄，真也不易。监狱里的重犯，常被判处独居一室，使无说话机会，是一种惩罚。畜生没有语言文字，但是也会发出不同的鸣声表示不同的情意。人而不让他说话，到了寂寞难堪的时候真想自言自语，甚至说几句废话也是好的。

可是有说话自由的时候，还是少说废话为宜。“群居终日，言不及义，好行小慧，难矣哉！”那便是废话太多的意思。现代的人好像喜欢开会，一开会就不免有人“致辞”，而致辞者常常是长篇大论，直说得口燥舌干，也不管听者是否恹恹欲睡欠伸连连。《孔子家语》：“庙堂右阶之前，有金人焉，三缄其口，而铭其背曰：‘古之慎言人也。’”能慎言，当然于慎言之外不会多说废话。三缄其口只是象征，若是真的三缄其口，怎么吃饭?

串门子闲聊天，已不是现代社会所允许的事，因为大家都忙，实在无暇闲磕牙。不过也有在闲聊的场合而还侈谈本行的正经事者，这种人也讨厌。最可怕的是不经预先约定而闯上门来的长舌妇或长舌男，他们可以把人家的私事当作座谈的资料。某人资产若干，月入多少，某人芳龄几何，美容几次，某人帷薄不修，某人似有外遇，说得津津有味，实则有伤口德的废话而已。行文也最忌废话。《朱子语类》里有两段文字：

> 欧公文，亦多是修改到妙处。顷有人买得他《醉翁亭记》稿。初说滁州四面有山，凡数十字，末后改定，只曰："环滁皆山也。"五字而已。如寻常不经思虑，信意所作言语，亦有绝不成文理者，不知如何。
>
> 南丰过荆襄，后山携所作以谒之。南丰一见爱之，因留款语。适欲作一文字，事多，因托后山为之，且授以意。后山文思亦涩，穷日之力方成，仅数百言，明日以呈南丰。南丰云："大略也好，只是冗字多，不知可为略删动否？"后山因请改窜。但见南丰就坐，取笔抹数处，每抹处连一两行，便以授后山，凡削去一二百字。后山读之，则其意尤完，因叹服，遂以为法，所以后山文字简洁如此。

前一段说的是欧阳修的《醉翁亭记》。开端第一句"环滁皆山也"，不说废话，开门见山，是从数十字中删汰而来。后一段记的是陈后山为文数百言，由曾巩削去一二百个冗字，而文意更为完整无瑕。凡为文者皆须知道文字须要简练，简言之，就是少说废话。

沉　默

我有一位沉默寡言的朋友。有一回他来看我，嘴边绽出微笑，我知道那就是相见礼，我肃客入座，他欣然就席。我有意要考验他的定力，看他能沉默多久，于是我也打破我的习惯，我也守口如瓶。两人默对，不交一语，壁上的时钟嘀嗒嘀嗒的声音特别响。我忍耐不住，打开一听香烟递过去，他便一支接一支地抽了起来，吧嗒吧嗒之声可闻。我献上一杯茶，他便一口一口地翕呷，左右顾盼，意态萧然。等到茶尽三碗，烟罄半听，主人并未欠伸，客人兴起告辞，自始至终没有一句话。这位朋友，现在已归道山，这一回无言造访，我至今不忘。想不到“闻所闻而来，见所见而去”的那种六朝人的风度，于今之世，尚得见之。

明张鼎思《琅琊代醉编》有一段记载：“刘器之待制对客多默坐，往往不交一谈，至于终日，客意甚倦，或请去，辄不听，至留之再三。

有问之者，曰：‘人能终日危坐，而不欠伸欹侧，盖百无一二，其能之者必贵人也。’以其言试之，人皆验。”可见对客默坐之事，过去亦不乏其例。不过所谓“主贵”之说，倒颇耐人寻味。所谓贵，一定要有副高不可攀的神情，纵然不拒人千里之外，至少也要令人生莫测高深之感，所以处大居贵之士多半有一种特殊的本领，两眼望天，面部无表情，纵然你问他一句话，他也能听若无闻，不置可否。这样的人，如何能不贵？因为深沉的外貌，正好掩饰内部的空虚，这样的人最宜于摆在庙堂之上。《孔子家语》明明地写着，孔子“入太祖后稷之庙，庙堂右阶之前有金人焉，三缄其口，而铭其背曰：‘古之慎言人也。’”这庙堂右阶的金人，不是为市井细民做榜样的。

謇谔之臣，骨鲠在喉，一吐为快，其实他是根本负有进谏之责，并不是图一时之快。鸡鸣犬吠，各有所司，若有言官而钳口结舌，宁不有愧于鸡犬？至于一般的仁人君子，没有不愤世忧时的，其中大部分悯默无言，但间或也有“宁鸣而死，不默而生”的人，这样的人可使当世的人为之感唱、为之击节，他不能全名养寿，他只能在将来历史上享受他应得的清誉罢了。在有“不发言的自由”的时候而甘愿放弃这一项自由，这也是个人的自由。在如今这个时代，沉默是最后的一项自由。

有道之士，对于尘劳烦恼早已不放在心上，自然更能欣赏沉默的境界。这种沉默，不是话到嘴边再咽下去，是根本没话可说，所谓“知者不言，言者不知”。世尊在灵山会上，拈花示众，众皆寂然，唯迦叶尊者破颜微笑，这会心微笑胜似千言万语。莲池大师说得好：“世间酽醯醇醴，藏之弥久而弥美者，皆由封锢牢密不泄气故。古人云，‘二十年不开口说话，向后佛也奈何你不得。’旨哉言乎！”一十年不开口说话，也许要把口闷臭，但是吾言道断之后，性水澄清，心珠自现，没有饶舌的必要。基督教 Carthusian 教派也是以沉默静居为修行法门，经常彼此不许说话。“此中有真意，欲辩已忘言。”

庄子说：“吾安得夫忘言之人，而与之言哉？”现在想找真正懂得沉默的朋友，也不容易了。

小　声　些

我觉得我们中国人的喉咙之大，在全世界，可称首屈一指。无论是开会发言，客座谈话，商店交易，或其他公众的地方，说话的声音时常是尖而且锐，声量是洪而且宽，耳膜脆弱一点的人，往往觉得支持不住。我们的华侨在外国，谈起话来，时常被外国人称作“吵闹的勾当”（noisy business），我以为是良有以也。

在你好梦正浓的时候，府上后门便发一声长吼，接着便是竹帚和木桶的声音。那一声长吼是从人喉咙里发出来的，然而这喉咙就不小，在外国就是做一个竞争选举时的演说员，也绰绰有余。

挑着担子的小贩，走进弄堂，扯开嗓子连叫带唱地喊一顿，我时常想象着他的面红筋突的样子。假如弄里有出天花的老太太，经他这一喊，就许一惊而绝。

坐在影戏院里，似乎大家都可以免开尊口了，然而也不尽然，你背后就许有两位太太叽叽咕咕地谈论影片里的悲欢离合，你越不爱听，她的声音越高。在火车里、在轮船里，听听那滔滔不断的谈话的声音，真足以令人后悔生了两只耳朵。

喉咙稍微大一点，不算丑事。且正可以表示我们的一点国民性——豪爽，直率，堂皇。不过有时为耳部卫生起见，希望这一点国民性不必十分地表现出来。朋友们，小声些！

礼　貌

前些年有一位朋友在宴会后引我到他家中小坐。推门而入，看见他的一位少爷正躺在沙发椅上看杂志。他的姿势不大寻常，头朝下，两腿高举在沙发靠背上面，倒竖蜻蜓。他不怕这种姿势可能使他吃饱了饭吣出来。这是他的自由，我的朋友喊了他一声："约翰！"他好像没听见，也许是太专心于看杂志了。我的朋友又说："约翰！起来喊梁伯伯！"他听见了，但是没有什么反应，继续看他的杂志，只是翻了一下白眼，我的朋友有一点窘，就好像耍猴子的敲一声锣教猴子翻筋斗而猴子不肯动，当下喃喃地自言自语："这孩子，没礼貌！"我心里想：他没有跳起来一拳把我打出门外，已经是相当地有礼貌了。

礼貌之为物，随时随地而异。我小时在北平，常在街上看见戴眼镜的人（那时候的眼镜都是两个大大的滴溜圆的镜片，配上银质的框子和腿）。他一遇到迎面而来的熟人，老远的就唰地一下把眼镜取下，握在手里，然后向前紧走两步，两人同时口中念念有词互相蹲一条腿请安。我至今不明白为什么两人相见要先摘下眼镜。戴着眼镜有什么失敬之处？如今戴眼镜的人太多了，有些人从小就成了四眼田鸡，摘不胜摘，也就没人见人摘眼镜了。可见礼貌随时而异。

人在屋里不可以峨大冠，中外皆然，但是在西方则女人有特权，屋里可以不摘帽子。尤其是从前的西方妇女，她们的帽子特大，常常像是头上顶着一个大鸟窝，或是一个大铁锅，或是一个大花篮，奇形怪状，不可方物。这种帽子也许戴上、摘下都很费事，而且摘下来也难觅放置之处，所以妇女可以在室内不摘帽子。多半个世纪之前，有一次在美国，我偕友进入电影院，落座之后，发现我们前排座位上有两位戴大花冠的妇人，正好遮住我们的视线。我想从两顶帽子之间的空隙窥看银幕亦不可得，因为那两顶大帽子不时地左右移动。我忍耐不住，用我们的国语低声对我的友伴说："这两个老太婆太可恶了，大帽子使得我无法看电影。"话犹未了，一位老太婆转过头来，用相当纯正的中国话对我说："你们二位是刚从中国来的吗？"言罢把帽除去。我窘不可言。她戴帽子不失礼，我用中国话背后斥责她，倒是我没有礼貌了。可见礼貌也是随地而异。

西方人的家是他的堡垒，不容闲杂人等随便闯入，朋友访问时，照例事前通知。我们在这一方面的礼貌好像要差一些。我们的中上阶级人家，深宅大院，邻近的人不会随便造访。中下的小户人家，两家可以共用一垛墙，跨出门不需要几步就到了邻舍，就容易有所谓串门子闲聊天的习惯。任何人吃饱饭没事做，都可以踱到别人家里闲磕牙，也不管别人是否有工夫陪你瞎嚼咀。有时候去的真不是时候，令人窘，例如在人家睡的时候，或吃饭的时候，或工作的时候，实在诸多不便，然而一般人认为这不算是失礼。一聊没个完，主人打哈欠、看手表，客人无动于衷，宾至如归。这种串门子的陋习，如今少了，但未绝迹。

探病是礼貌，也是艺术。空手去也可以，带点东西来无妨。要看彼此的关系和身份加以斟酌。有的人病房里花篮堆积如山，像是店铺开张，也有病人收到的食物冰箱里装不下。探病不一定要面带戚容，因为探病不同于吊丧，但是也不宜高谈阔论有说有笑，因为病房里究竟还是有一个病人。别停留过久，因为有病的人受不了，没病的人也受不了。除非特别亲近的人，我想寄一张探病的专用卡片不失为彼此两便之策。

吊丧是最不愉快的事，能免则免。与死者确有深交，则不免拊棺一恸。人琴俱亡，不执孝子手而退，抚尸陨涕，滚地做驴鸣而为宾客笑都不算失礼。吊死者曰吊，吊生者曰唁。对生者如何致唁语，实在难于措辞。我曾见一位孝子陪灵，并不匍匐地上，而是跷起二郎腿坐在椅子上，嘴里叼着纸烟，悠然自得。这是他的自由，然而不能使吊者大悦。西俗，吊客照例绕棺瞻仰遗容。我不知道遗容有什么好瞻仰的，倒是我们的习惯把死者的照片放大，高悬灵桌之上，供人吊祭，比较合理。或多或少患有“恐尸症”的人，看了面如黄蜡白蜡的一张面孔，会心里难过好几天，何苦来哉？在殡仪馆的院子里，通常麇集着很多的吊客，不像是吊客，像是一群人在赶集，热闹得很。

关于婚礼，我已谈过不止一次，不再赘。

饮宴之礼，无论中西都有一套繁文缛节。我们现行的礼节之最令人厌烦的莫过于敬酒。主人敬酒是题中应有之义，三巡也就够了。客人回敬主人，也不可少。唯独客人与客人之间经常不断地举杯，此起彼落，也不管彼此是否相识，也一一地皮笑肉不笑地互相敬酒。有些人根本不喝酒，举起茶杯汽水杯充数。有时候正在低头吃东西，对面有人向你敬酒，你若没有觉察，对方难堪，你若随时敷衍，不胜其扰。这种敬酒的习惯，不中不西，没有意义，应该简化。还有一项陋习就是劝酒，说好说歹，硬要对方干杯，创出"先干为敬"的谬说，要挟威吓，最后是捏着鼻子灌酒，甚至演出全武行，礼貌云乎哉？

让

初到西方旅游的人，在市区中比较交通不繁的十字路口，看到并无红绿灯指挥车辆，路边常竖起一个牌示，大书Yield一个字，其义为“让”，觉得奇怪。等到他看见往来车辆的驾驶人，一见这个牌示，好像是面对纶綍一般，真个地把车停了下来，左顾右盼，直到可以通行无阻的时候才把车直驶过去。有时候路上根本并无车辆横过，但是驾驶人仍然照常停车。有时候有行人穿越，不分老少妇孺，他也一律停车，乖乖地先让行人通过。有时候路口不是十字，而是五六条路的交叉路口，则高悬一盏闪光警灯，各路车辆到此一律停车，先到的先走，后到的后走。这种情形相当普遍，他更觉得奇怪了，难道真是礼失而求诸野？

据说，“让”本是我们“固有道德”的一个项目，谁都知道孔融让梨、王泰推枣的故事。《左传》老早就有这样的嘉言：“让，德之主也。”

（《昭·十》）“让，礼之主也。”（《襄·十三》）《魏书》卷二十记载着东夷弁辰国的风俗：“其俗，行者相逢，皆住让路。”当初避秦流亡海外的人还懂得“行者相逢皆住让路”的道理，所以史官秉笔特别标出，表示礼让乃泱泱大国的流风遗韵，远至海外，犹堪称述。我们抛掷一根肉骨头于群犬之间，我们可以料想到将要发生什么情况。人为万物之灵，当不至于狼奔豕突地攘臂争先地夺取一根骨头。但是人之异于禽兽者几稀，从日常生活中，我们可以窥察到懂得克己复礼的道理的人毕竟不太多。

在上下班交通繁忙的时刻，不妨到十字路口伫立片刻，你会看到形形色色的车辆，有若风驰电掣，目不暇接。从前形容交通频繁为车水马龙，如今马不易见，车亦不似流水，直似迅濑哮吼，惊波飞薄。尤其是一溜臭烟噼噼啪啪呼啸而过的成群机车，左旋右转，见缝就钻，比电视广告上的什么狼什么豹的还要声势浩大。如果车辆遇上红灯摆长队，就有性急的骑机车的拼命三郎鱼贯蹿上红砖道，舍正路而弗由，抄捷径以赶路，红砖道上的行人吓得心惊胆战。十字路口附近不是没有交通警察，他偶尔也在红砖道上踝蹬，机车骑士也偶尔被拦截，但是刚刚拦住一个，十个八个又嗖地飞驰过去了。不要以为那些骑士都是汲汲地要赶赴死亡约会，他们只是想省时间，所以不肯排队，红砖道空着可惜，所以权为假道之计。骑车的人也许是贪睡懒觉，争着要去打卡，也许有什么性命攸关的事耽误不得，行人只好让路。行人最懂得让，让车横冲直撞，不敢怒更不敢言，车不让人人让车，我们的路上行人维持了我们传统的礼让。什么时候才能人不让车车让人，只好留待高谈中西文化的先生们去研究了。

大厦七层以上，即有电梯。按常理，电梯停住应该让要出来的人先出来，然后要进去的人再进去，和公共汽车的上下一样。但是我经常看见一些野性未驯的孩子、长头发的恶少，以及绅士型的男士和时装少妇，一见电梯门启，便疯狂地往里挤，把里面要出来的人憋得唧唧叫。公共场所如电影院的电梯门前总是拥挤着一大群万物之灵，谁也不肯遵守先出后进的顺序而退让一步。

有人说，我们地窄人稠，所以处处显得乱哄哄。例如任何一个邮政支局，柜台里面是桌子挤桌子，柜台外面是人挤人，尤其是邮储部门人潮汹涌，没有地方从容排队，只好由存款簿图章在柜台上排队。可见大家还是知道礼让的。只是人口密度太高，无法保持秩序。其实不然，无论地方多么小，总可以安排下一个单行纵队，队可以无限伸长，伸到街上去，可以转弯，可以队首不见队尾，循序向前挪移，岂不甚好？何必存款簿图章排队而大家又在柜台前挤作一团？说穿了还是争先恐后，不肯让。

小的地方肯让，大的地方才会与人无争。争先是本能，一切动物皆不能免；让是美德，是文明进化培养出来的习惯。孔子曰："当仁不让于师。"只有当仁的时候才可以不让，此外则一定当以谦让为宜。

养成好习惯

人的天性大致是差不多的，但是在习惯方面却各有不同，习惯是慢慢养成的，在幼小的时候最容易养成，一旦养成之后，要想改变过来却还不很容易。

例如说，清晨早起是一个好习惯，这也要从小时候养成，很多人从小就贪睡懒觉，一遇假日便要睡到日上三竿还高卧不起，平时也是不肯早起，往往蓬首垢面地就往学校跑，结果还是迟到，这样的人长大了之后也常是不知振作，多半不能有什么成就。祖逖闻鸡起舞，那才是志士奋励的榜样。

我们中国人最重礼，因为礼是行为的规范。礼要从家庭里做起。姑举一例：为子弟者“出必告，反必面”，这一点点对长辈起码的礼，我们是否已经每日做到了呢？我看见有些个孩子早晨起来对父母视若无睹，晚上回到家来如入无人之境，遇到长辈常常横眉冷目，不屑搭讪。这样的跋扈乖戾之气如果不早早地纠正过来，将来长大到社会服务，必将处处引起摩擦不受欢迎。我们不仅对长辈要恭敬有礼，对任何人都应维持相当的礼貌。

大声讲话，扰及他人的宁静，是一种不好的习惯。我们试自检讨一番，在别人读书、工作的时候是否有过喧哗的行为？我们要随时随地为别人着想，维持公共的秩序，顾虑他人的利益，不可放纵自己，在公共场所人多的地方，要知道依次排队，不可争先恐后地去乱挤。

时间即是生命。我们的生命是一分一秒地在消耗着，我们平常不大觉得，细想起来实在值得警惕。我们每天有许多的零碎时间于不知不觉中浪费掉了。我们若能养成一种利用闲暇的习惯，一遇空闲，无论其为多么短暂，都利用之做一点有益身心之事，则积少成多终必有成。常听人讲过“消遣”二字，最是要不得，好像是时间太多无法打发的样子。其实人生短促极了，哪里会有多余的时间待人“消遣”？陆放翁有句云：“待饭未来还读书。”我知道有人就经常利用这“待饭未来”的时间读了不少的大书。古人所谓“三上之功”，枕上、马上、厕上，虽不足为训，其用意是在劝人不要浪费光阴。

吃苦耐劳是我们这个民族的标志。古圣先贤总是教训我们要能过俭朴的生活，所谓“一箪食，一瓢饮”，就是形容生活状态之极端的刻苦，所谓“嚼得菜根”，就是表示一个有志的人之能耐得清寒。恶衣恶食，不足为耻，丰衣足食，不足为荣，这在个人之修养上是应有的认识，罗马帝国盛时的一位皇帝，Marcus Aurelius，他从小就摒绝一切享受，从来不参加当时那风靡全国的赛车比武之类的娱乐，终其身成为一位严肃的苦修派的哲学家，而且也建立了不朽的功勋。这是很值得钦佩的，我们中国是一个穷的国家，所以我们更应该体念艰难，弃绝一切奢侈，尤其是从外国来的奢侈。宜从小就养成俭朴的习惯，更要知道物力维艰，竹头木屑，皆宜爱惜。

以上数端不过是偶然拈来，好的习惯千头万绪，“勿以善小而不为”。习惯养成之后，便毫无勉强，临事心平气和，顺理成章。充满良好习惯的生活，才是合于“自然”的生活。

谈友谊

朋友居五伦之末，其实朋友是极重要的一伦。所谓友谊实即人与人之间的一种良好的关系，其中包括了解、欣赏、信任、容忍、牺牲……诸多美德。如果以友谊做基础，则其他的各种关系如父子夫妇兄弟之类均可圆满地建立起来。当然父子兄弟是无可选择的永久关系，夫妇虽有选择余地，但一经结合便以不再仳离为原则，而朋友则是有聚有散可合可分的。不过，说穿了，父子夫妇兄弟都是朋友关系，不过形式、性质稍有不同罢了。严格地讲，凡是充分具备一个好朋友的条件的人，他一定也是一个好父亲、好儿子、好丈夫、好妻子、好哥哥、好弟弟。反过来亦然。

我们的古圣先贤对于交友一端是甚为注重的。《论语》里面关于交友的话很多。在西方亦是如此。罗马的西塞罗有一篇著名的《论友谊》。

法国的蒙田、英国的培根、美国的爱默生，都有论友谊的文章。我觉得近代的作家在这个题目上似乎不大肯费笔墨了。这是不是叔季之世友谊没落的象征呢？我不敢说。

古之所谓“刎颈交”，陈义过高，非常人所能企及。如 Damon 与 Pythias，David 与 Jonathan，怕也只是传说中的美谈吧。就是把友谊的标准降低一些，真正能称得起朋友的还是很难得。试想一想，如有银钱经手的事，你信得过的朋友能有几人？在你蹭蹬失意或疾病患难之中还肯登门拜访乃至雪中送炭的朋友又有几人？你出门在外之际对于你的妻室弱媳肯加照顾而又不照顾得太多者又有几人？再退一步，平素投桃报李，莫逆于心，能维持长久于不坠者，又有几人？总角之交，如无特别利害关系以为维系，恐怕很难在若干年后不变成路人。富兰克林说：“有三个朋友是最忠实可靠的——老妻、老狗和现款。”妙的是这三个朋友都不是朋友。倒是亚里士多德的一句话最干脆：“我的朋友们啊！世界上根本没有朋友。”这句话近于愤世嫉俗，事实上世界上还是有朋友的，不过虽然无须打着灯笼去找，却是像沙里淘金而且还需要长时间地洗炼。一旦真铸成了友谊，便会金石同坚，永不退转。

大抵物以类聚，人以群分。臭味相投，方能永以为好。交朋友也讲究门当户对，纵不必像九品中正那么严格，也自然有个界限。“同学少年多不贱，五陵衣马自轻肥”，于“自轻肥”之余还能对着往日的旧友而不把眼睛移到眉毛上边去吗？汉光武帝容许严子陵把他的大腿压在自己的肚子上，固然是雅量可风，但是严子陵之毅然决然地归隐于富春山，则尤为知趣。朱洪武写信给他的一位朋友说：“朱元璋做了皇帝，朱元璋还是朱元璋……”话自管说得很漂亮，看看他后来之诛戮功臣，也就不免令人心悸。人的身心构造原是一样的，但是一入宦途，可能发生突变。孔子说：“无友不如己者。”我想一来只是指品学而言，二来只是说不要结交比自己坏的，并没有说一定要我们去高攀。友谊需要两造，假如双方都想结交比自己好的，那就便永远交不起来。

好像是王尔德说过，“一个男人与一个女人之间是不可能有友谊存在的”。就一般而论，这话是对的，因为男女之间如有深厚的友谊，那友谊容易变质，如果不是心心相印，那又算不得是友谊。过犹不及，那分际是难以把握的。忘年交倒是可能的。祢衡年未二十，孔融年已五十，便相交友，这样的例子史不绝书，但似乎是也以同性为限。并且以我所知，忘年交之形成固有赖于兴趣之相近与互相之器赏，但年长的一方多少需要保持一点童心，年幼的一方多少需要显着几分老成。老气横秋则令人望而生畏，轻薄儇佻则人且避之若浼。单身的人容易交朋友，因为他的情感无所寄托，漂泊流离之中最需要一个一倾积愫的对象，可是等到他有红袖添香稚子候门的时候，心境便不同了。

“君子之交淡如水”，因为淡所以才能不腻，才能持久。“与朋友交，久而敬之。”敬也就是保持距离，也就是防止过分的亲昵。不过“狎而敬之”是很难的。最要注意的是，友谊不可透支，总要保留几分。Mark Twain 说：“神圣的友谊之情，其性质是如此的甜蜜、稳定、忠实、持久，可以终生不渝，如果朋友不开口向你借钱。”这真是慨而言之。朋友本有通财之谊，但这是何等微妙的一件事！世上最难忘的事是借出去的钱，一般认为最倒霉的事又莫过于还钱。一牵涉到钱，恩怨便很难清算得清楚，多少成长中的友谊都被这阿堵物所戕害！

规劝乃是朋友中间应有之义，但是谈何容易。名利场中，沆瀣一气，自己都难以明辨是非，哪有余力规劝别人？而在对方则又良药苦口忠言逆耳，谁又愿意让人批他的逆鳞？规劝不可当着第三者的面前行之，以免伤他的颜面，不可在他情绪不宁时行之，以免逢彼之怒。孔子说："忠告而善道之，不可则止。"我总以为劝善规过是友谊的消极的作用。友谊之乐是积极的。只有神仙和野兽才喜欢孤独，人是要朋友的。"假如一个人独自升天，看见宇宙的大观，群星的美丽，他并不能感到快乐，他必要找到一个人向他述说他所见的奇景，他才能快乐。"共享快乐，比共受患难，应该是更正常的友谊中的趣味。

代　　沟

代沟是翻译过来的一个比较新的名词，但这个东西是我们古已有之的。自从人有老少之分，老一代与少一代之间就有一道沟，可能是难以飞渡的深沟天堑，也可能是一步迈过的小渎阴沟，总之是其间有个界限。沟这边的人看沟那边的人不顺眼，沟那边的人看沟这边的人不像话，也许吹胡子瞪眼，也许拍桌子卷袖子，也许口出恶声，也许真个地闹出命案，看双方的气质和修养而定。

《尚书·无逸》："相小人，厥父母勤劳稼穑，厥子乃不知稼穑之艰难，乃逸乃谚既诞。否则侮厥父母曰：'昔之人，无闻知。'"这几句话很生动，大概是我们最古的代沟之说的一个例论。大意是说：请看一般小民，做父母的辛苦耕稼，年青一代不知生活艰难，只知享受放荡，再不就是张口顶撞父母说："你们这些落伍的人，根本不懂事！"活画出一条沟的两边的人对峙的心理。小孩子嘛，总是贪玩。好逸恶劳，人之天性，只有饱尝艰苦的人，才知道以无逸为戒。做父母的人当初也是少不更事的孩子，代代相仍，历史重演。一代留下一沟，像树身上的年轮一般。

虽说一代一沟，腌臜的情形难免，然大体上相安无事。这就是因为有所谓传统者，把人的某一些观念胶着在一套固定的范畴里。“不以规矩不能成方圆。”大家都守规矩，尤其是年青的一代。

“鞋大鞋小，别走了样子！”小的一代自然不免要憋一肚皮委屈，但是，别忙，“多年的媳妇熬成婆，多年的道路走成河”，转眼间黄口小儿变成鲐背耆老，又轮到自己唉声叹气，抱怨一肚皮不合时宜了。

记得我小的时候，早起要跟着姐姐哥哥排队到上房给祖父母请安，像早朝一样的肃穆而紧张，在大柜前面两张两人凳上并排坐下，腿短不能触地，往往甩腿，这是犯大忌的，虽然我始终不知是犯了什么忌。祖父母的眼睛瞪得圆圆的，手指着我们前后摆动的小腿说：“怎么，一点样子都没有！”吓得我们的小腿立刻停摆，我的母亲觉得很没有面子，回到房里着实地数落了我们一番，祖孙之间隔着两条沟，心理上的隔阂如何得免？当时，我心里纳闷，我甩腿，干卿底事。我十岁的时候，进了陶氏学堂，领到一身做体操时穿的白帆布制服，有亮晶的铜纽扣，裤边还镶贴两条红带，现在回想起来有点滑稽，好像是卖仁丹游街宣传的乐队，那时却扬扬自得，满心欢喜地回家，没想到赢得的是一头雾水：“好呀！我还没死，就先穿起孝衣来了！”我触了白色的禁忌。出殡的时候，灵前是有两排穿白衣的“孝男儿”，口里模仿号丧的哇哇叫。此后每逢体操课后回家，先在门口脱衣，换上长褂，卷起裤筒。稍后，我进了清华，看见有人穿白帆布橡皮底的网球鞋，心羡不已，于是也从天津邮购了一双，但是始终没敢穿了回家。只求平安少生事，莫在代沟之内起风波。

大家庭制度下，公婆儿媳之间的代沟是最鲜明也最凄惨的。儿子自外归来，不能一头扎进闺房，那样做不但公婆瞪眼，所有的人都要竖起眉毛。他一定要先到上房请安，说说笑笑好一大阵，然后公婆（多半是婆）开恩发话，“你回屋里歇歇去吧”，儿子奉旨回到阃闱。媳妇不能随后跟进，还要在公婆面前周旋一下，然后公婆再度开恩，“你也去吧”，媳妇才能走，慢慢地走，如果媳妇正在院里浣洗衣服，儿子过去帮一下忙，到后院井里用柳罐汲取一两桶水，送过去备用，结果也会招致一顿长辈的唾骂：“你走开，这不是你做的事。”

我记得半个多世纪以前，有一对大家庭中的小夫妻，十分的恩爱，夫暴病死，妻觉得在那样家庭中了无生趣，竟服毒以殉。殡殓后，追悼之日政府颁赠匾额曰：“彤管扬芬。”女家致送的白布横批曰：“看我门楣！”我们可以听得见代沟的冤魂哭泣，虽然代沟另一边的人还在逞强。

以上说的是六七十年前的事。代沟中有小风波，但没有大泛滥。张公艺九代同居，靠了一百多个忍字。其实九代之间就有八条沟，沟下有沟，一代压一代，那一百多个忍字还不是一面倒，多半由下面一代承当？

古有明训：能忍自安。

五四运动实乃一大变局。新一代的人要造反，不再忍了。有人要“整理国故”，管他什么三坟五典八索九丘，都要揪出来重新交付审判，礼教被控吃人，孔家店遭受捣毁的威胁，世世代代留下来的沟，要彻底翻腾一下，这下子可把旧一代的人吓坏了。有人提倡读经，有人竭力卫道，但是，不是远水不救近火，便是只手难挽狂澜，代沟总崩溃，新一代的人如脱缰之马，一直旁逸斜出奔放驰骤到如今。旧一代的人则按照自然法则一批一批地凋谢，填入时代的沟壑。

代沟虽然永久存在，不过其现象可能随时变化。人生的麻烦事，千端万绪，要言之，不外财、色两项，关于钱财，年长的一辈多少有一点吝啬的倾向。吝啬并不一定全是缺点。“称财多寡而节用之，富无金藏，贫不假贷，谓之啬。积多不能分人，而厚自养，谓之吝。不能分人，又不能自养，谓之爱。”这是《晏子春秋》的说法。所谓爱，就是守财奴。是有人好像是把孔方兄一个个地穿挂在他的肋骨上，取下一个都是血糊丝拉的。英文俚语，勉强拿出一块钱，叫作“咳出一块钱”，大概也是表示钱是深藏于肺腑，需要用力咳才能跳出来。年青一代看了这种情形，老大不以为然，心里想：“这真是‘昔之人，无闻知’，有钱不用，害得大家受苦，忘记了‘一个钱也带不了棺材里去’。”心里有这样的愤懑蕴积，有时候就要发泄。所以，曾经有一个儿子向父亲要五十元零用钱，其父靳而不予，由冷言恶语而拖拖拉拉，儿子比较身手矫健，一把揪住父亲的领带（唉，领带真误事），领带越揪越紧，父亲一口气上不来，一翻白眼，死了。这件案子，按理应剐，基于“心神丧失”的理由，没有剐，在代沟的历史里留下一个悲惨的记录。

人到成年，嘤嘤求偶，这时节不但自己着急，家长更是担心，可是所谓代沟出现了，一方说这是我的事，你少管，另一方说传宗接代的大事如何能不过问。一个人究竟是姣好还是寝陋，是端庄还是阴骘，本来难有定评。“看那样子，长头发、牛仔裤、嬉游浪荡、好吃懒做，大概不是善类。”“爬山、露营、打球、跳舞，都是青年的娱乐，难道要我们天天匀出工夫来晨昏定省，膝下承欢？”南辕北辙，越说越远。其实“养儿防老”“我养你小，你养我老”的观念，现代的人大部分早已不再坚持。羽毛既丰，各奔前程，上下两代能保持朋友一般的关系，可疏可密，岁时存问，相待以礼，岂不甚妙？谁也无须剑拔弩张，放任自己，而诿过于代沟。沟是死的，人是活的！代沟需要沟通，不能像希腊神话中的亚历山大以利剑砍难解之绳结那样容易的一刀两断，因为人终归是人。

懒

人没有不懒的。

大清早，尤其是在寒冬，被窝暖暖的，要想打个挺就起床，真不容易。荒鸡叫，由它叫。闹钟响，何妨按一下钮，在床上再赖上几分钟。白香山大概就是一个惯睡懒觉的人，他不讳言“日高睡足犹慵起，小阁重衾不怕寒”。他不仅懒，还馋，大言不惭地说：“慵馋还自哂，快活亦谁知？”白香山活了七十五岁，可是写了二千七百九十首诗，早晨睡睡懒觉，我们还有什么说的？

懒字从女，当初造字的人，好像是对于女性存有偏见。其实勤与懒与性别无关。历史人物中，疏懒成性者嵇康要算是一位。他自承：“不涉经学，性复疏懒，筋驽肉缓，头面常一月十五日不洗，不大闷痒，不能沐也。每常小便，而忍不起，令胞中略转，乃起耳。”同时，他也是“卧喜晚起”之徒，而且“性复多虱，把搔无已”。他可以长期地不洗头、不洗脸、不洗澡，以至于浑身生虱！和扪虱而谈的王猛都是一时名士。白居易“经年不沐浴，尘垢满肌肤”，还不是由于懒？苏东坡好像也够邋遢的，他有“老来百事懒，身垢犹念浴”之句，懒到身上蒙垢的时候才做沐浴之想。女人似不至此，尚无因懒而昌言无隐引以自傲的。主持中馈的一向是女人，缝衣捣砧的也一向是女人。“早起三光，晚起三慌”是从前流行的女性自励语，所谓三光、三慌是指头上、脸上、脚上。从前的女人，夙兴夜寐，没有不患睡眠不足的，上上下下都要伺候周到，还要揪着公鸡的尾巴就起来，来照顾她自己的“妇容”。头要梳，脸要洗，脚要裹。所以朝晖未上就花朵盛开的牵牛花，别称为“勤娘子”，懒婆娘没有欣赏的份，大概她只能观赏昙花。时到如今，情形当然不同，我们放眼观察，所谓前进的新女性，哪一个不是生龙活虎一般，主内兼主外，集家事与职业于一身？世上如果真有所谓懒婆娘，我想其数目不会多于好吃懒做的男子汉。北平从前有一个流行的儿歌：“头不梳，脸不洗，拿起尿盆儿就舀米”是夸张的讽刺。懒字从女，有一点冤枉。

凡是自安于懒的人，大抵有他或她的一套想法。可以推给别人做的事，何必自己做？可以拖到明天做的事，何必今天做？一推一拖，懒之能事尽矣。自以为偶然偷懒，无伤大雅。而且世事多变，往往变则通，在推拖之际，情势起了变化，可能一些棘手的问题会自然解决。“不须计较苦劳心，万事元来有命！”好像有时候馅饼是会从天上掉下来似的。这种打算只有一失，因为人生无常，如石火风灯，今天之后有明天，明天之后还有明天，可是谁也不知道自己还有没有明天。即使命不该绝，明天还有明天的事，事越积越多，越多越懒得去做。“虱多不痒，债多不愁”，那是自我解嘲！懒人做事，拖拖拉拉，到头来没有不丢三落四狼狈慌张的。你懒，别人也懒，一推再推，推来推去，其结果只有误事。

懒不是不可医，但须下手早，而且须从小处着手。这事需劳做父母的帮一把手。有一家三个孩子都贪睡懒觉，遇到假日还理直气壮地大睡，到时候母亲拿起晒衣服用的竹竿在三张小床上横扫，三个小把戏像鲤鱼打挺似的翻身而起。此后他们养成了早起的习惯，一直到大。父亲房里有份报纸，欢迎阅览，但是他有一个怪毛病，任谁看完报纸之后，必须折好叠好放还原处，否则他就大吼大叫。于是三个小把戏触类旁通，不但看完报纸立即还原，对于其他家中日用品也不敢随手乱放。小处不懒，大事也就容易勤快。

我自己是一个相当懒的人，常走抵抗最小的路，虚掷不少光阴。“架上非无书，眼慵不能看”（白香山句）。等到知道用功的时候，徒惊岁晚而已。英国十八世纪的斯威夫特，偕仆远行，路途泥泞，翌晨呼仆擦洗他的皮靴，仆有难色，他说：“今天擦洗干净，明天还是要泥污。”斯威夫特说：“好，你今天不要吃早餐了。今天吃了，明天还是要吃。”唐朝的高僧百丈禅师，以“一日不作，一日不食”自励，每天都要劳动做农事，至老不休，有一天他的弟子们看不过，故意把他的农具藏了起来，使他无法工作，他于是真个地饿了自己一天没有进食。得道的方外的人都知道刻苦自律，清代画家石溪和尚在他一幅《溪山无尽图》上题了这样一段话，特别令人警醒：

> 大凡天地生人，宜清勤自持，不可懒惰。若当得个懒字，便是懒汉，终无用处。……残衲住牛首山房，朝夕焚诵，稍余一刻，必登山选胜，一有所得，随笔作山水数幅或字一段，总之不放闲过。所谓静生动，动必做出一番事业。端教一个人立于天地间无愧。若忽忽不知，懒而不觉，何异草木？

一株小小的含羞草，尚且不是完全的“忽忽不知，懒而不觉”！若是人而不如小草，羞！羞！羞！

悲　观

悲观不是消极。所以自杀的人不是悲观，悲观主义者反对自杀。

悲观是从坏的一方面来观察一切事物，从坏的一方面着眼的意思。悲观主义者无时不料想事物的恶化，唯其如此，所以他最积极地生活，换言之，最不为虚幻的希望所误引入歧途，最努力地设法来对付这丑恶的现实。

叔本华说，幸福即是痛苦的避免。所谓痛苦是实在的，而幸福则是根本不存在的。痛苦不存在时之状态，无以名之，名之曰幸福。是故人生之目标，不在幸福之追求，而在痛苦之避免。人生即是由一串痛苦所构成。能避免一分的苦痛，即是一分的幸福。故悲观主义者待人接物，步步为营，不求有功，但求无过。这是悲观主义的真谛。

从坏处着想，大概可以十猜十中百猜百中；从好处着想，往往一次一失望十次十失望。所以乐观者天真可爱，而禁不住现实的接触，一接触就水泡一般地破灭。悲观者似乎未免自苦，而在现实中却能安身立命。所以自杀者是乐观的人，幸福者倒是悲观的人。

怒

一个人在发怒的时候，最难看。纵然他平素面似莲花，一旦怒而变青变白，甚至面色如土，再加上满脸的筋肉扭曲，眦裂发指，那副面目实在不仅是可憎而已。俗语说，“怒从心上起，恶向胆边生”，怒是心理的也是生理的一种变化。人逢不如意事，很少不勃然变色的。年少气盛，一言不合，怒气相加，但是许多年事已长的人，往往一样的火发暴躁。我有一位姻长，已到杖朝之年，并且半身瘫痪，每晨必阅报纸，戴上老花镜，打开报纸，不久就要把桌子拍得山响，吹胡瞪眼，破口大骂。报上的记载，他看不顺眼。不看不行，看了怄气。这时候大家躲他远远的，谁也不愿逢彼之怒。过一阵雨过天晴，他的怒气消了。

诗云：“君子如怒，乱庶遄沮；君子如祉，乱庶遄已。”这是说有地位的人，赫然震怒，就可以收拨乱反正之效。一般人还是以少发脾气少惹麻烦为上。盛怒之下，体内血球不知道要伤损多少，血压不知道要升高几许，总之是不卫生。而且血气沸腾之际，理智不大清醒，言行容易逾分，于人于己都不相宜。希腊哲学家爱比克泰德说："计算一下你有多少天不曾生气。在从前，我每天生气；有时每隔一天生气一次；后来每隔三四天生气一次；如果你一连三十天没有生气，就应该向上帝献祭表示感谢。"减少生气的次数便是修养的结果。修养的方法，说起来好难。另一位同属于斯多葛派的哲学家罗马的马克·奥勒留这样说："你因为一个人的无耻而愤怒的时候，要这样地问你自己：'那个无耻的人能不在这世界存在吗？'那是不能的。不可能的事不必要求。"坏人不是不需要制裁，只是我们不必愤怒。如果非愤怒不可，也要控制那愤怒，使发而中节。佛家把"嗔"列为三毒之一，"嗔心甚于猛火"，克服嗔恚是修持的基本功夫之一。《燕丹子》说："血勇之人，怒而面赤；脉勇之人，怒而面青；骨勇之人，怒而面白；神勇之人，怒而色不变。"我想那神勇是从苦行修炼中得来的。生而喜怒不形于色，那天赋实在太厚了。

清朝初叶有一位李绂，著《穆堂类稿》，内有一篇《无怒轩记》，他说："吾年逾四十，无涵养性情之学，无变化气质之功，因怒得过，旋悔旋犯，惧终于忿戾而已，因以'无怒'名轩。"是一篇好文章，而其戒谨恐惧之情溢于言表，不失读书人的本色。

快　　乐

天下最快乐的事大概莫过于做皇帝。“首出庶物，万国咸宁。”至不济可以生杀予夺，为所欲为。至于后宫粉黛三千，御膳八珍罗列，更是不在话下。清乾隆皇帝，“称八旬之觞，镌十全之宝”，三下江南，附庸风雅。那副志得意满的神情，真是不能不令人兴起“大丈夫当如是也”的感喟。

在穷措大眼里，九五之尊，乐不可支。但是试起古今中外的皇帝于地下，问他们一生中是否全是快乐，答案恐怕相当复杂。西班牙国王拉曼三世（Abder Rahman Ⅲ，960）说过这么一段话：

> 我于胜利与和平之中统治全国约五十年，为臣民所爱戴，为敌人所畏惧，为盟友所尊敬。财富与荣誉，权力与享受，呼

之即来，人世间的福祉，从不缺乏。在这情形之中，我曾勤加计算，我一生中纯粹的真正幸福日子，总共仅有十四天。

御宇五十年，仅得十四天真正幸福日子。我相信他的话，宸谟睿略，日理万机，很可能不如闲云野鹤之怡然自得。于此我又想起从一本英语教科书上读到一篇寓言。题目是《一个快乐人的衬衫》。某国王，端居大内，抑郁寡欢，虽极耳目声色之娱，而王终不乐。左右纷纷献计，有一位大臣言道：如果在国内找到一位快乐的人，把他的衬衫脱下来，给国王穿上，国王就会快乐。王韪其言，于是使者四出寻找快乐的人，访遍了朝廷显要，朱门豪家，人人都有心事，家家都有一本难念的经，都不快乐。最后找到一位农夫，他耕罢在树下乘凉，裸着上身，大汗淋漓。使者问他："你快乐吗？"农夫说："我自食其力，无忧无虑！快乐极了！"使者大喜，便索取他的衬衣。农夫说："哎呀！我没有衬衣。"这位农夫颇似我们的禅门之"一丝不挂"。

常言道，"境由心生"，又说"心本无生因境有"。总之，快乐是一种心理状态。内心湛然，则无往而不乐。吃饭睡觉，稀松平常之事，但是其中大有道理。大珠《顿悟入道要门论》："源律师问：'和尚修道，还用功否？'师曰：'用功。'曰：'如何用功？'师曰：'饥来吃饭，困来即眠。'曰：'一切人总如是，同师用功否？'师曰：'不同。'曰：'何故不同？'师曰：'他吃饭时不肯吃饭，百种须索，睡时不肯睡，千般计较。所以不同也。'律师杜口。"可是修行到心无挂碍，却不是容易事。我认识一位唯心论的学者，平素昌言意志自由，忽然被人绑架，系于暗室十有余日，备受凌辱，释出后他对我说："意志自由固然不诬，但是如今我才知道身体自由更为重要。"常听人说烦恼即菩提，我们凡人遇到烦恼只是深感烦恼，不见菩提。快乐是在心里，不假外求，求即往往不得，转为烦恼。叔本华的哲学是：苦痛乃积极的实在的东西，幸福快乐乃消极的根本不存在的东西。所谓快乐幸福乃是解除苦痛之谓。没有苦痛便是幸福。再进一步看，没有苦痛在先，便没有幸福在后。梁任公先生曾说："人生最快乐的事，莫过于看着一件工作的完成。"在工作过程之中，有苦恼也有快乐，等到大功告成，那一份"如愿以偿"的快乐便是至高无上的幸福了。

有时候，只要把心胸敞开，快乐也会逼人而来。这个世界，这个人生，有其丑恶的一面，也有其光明的一面。良辰美景，赏心乐事，随处皆是。智者乐水，仁者乐山。雨有雨的趣，晴有晴的妙，小鸟跳跃啄食，猫狗饱食酣睡，哪一样不令人看了觉得快乐？就是在路上、在商店里、在机关里，偶尔遇到一张笑容可掬的脸，能不令人快乐半天？有一回我住进医院里，僵卧了十几天，病愈出院，刚迈出大门，陡见日丽中天，阳光普照，照得我睁不开眼，又见市廛熙攘，光怪陆离，我不由得从心里欢叫起来："好一个艳丽盛装的世界！"

"幸遇三杯酒美，况逢一朵花新。"我们应该快乐。

图书在版编目（CIP）数据

顺从内心过一生 / 梁实秋著 . —北京 : 北京联合出版公司 , 2018.5

ISBN 978-7-5596-1814-6

Ⅰ . ①顺… Ⅱ . ①梁… Ⅲ . ①散文集－中国－现代 Ⅳ . ① I266

中国版本图书馆 CIP 数据核字 (2018) 第 044760 号

顺从内心过一生

作　　者：梁实秋

责任编辑：牛炜征

北京联合出版公司出版

（北京市西城区德外大街83号楼9层　100088）

北京嘉业印刷厂印刷　新华书店经销

字数：200千字　710毫米 × 1000毫米　1/16　印张：16

2018年6月第1版　　2018年6月第1次印刷

ISBN 978-7-5596-1814-6

定价：42.80元